市井珠玑

老西安的文艺与烟火

解诗梵 著

陕西师范大学出版总社

图书代号　WX18N1038

图书在版编目(CIP)数据

市井珠玑:老西安的文艺与烟火/解诗梵著.—西安:
陕西师范大学出版总社有限公司,2018.8(2019.4重印)
ISBN 978-7-5695-0137-7

Ⅰ.①市… Ⅱ.①解… Ⅲ.①散文集—中国—当代
Ⅳ.①I267

中国版本图书馆CIP数据核字(2018)第162270号

市井珠玑：老西安的文艺与烟火
SHIJING ZHUJI LAOXI'AN DE WENYI YU YANHUO
解诗梵 著

责任编辑	张建明　李　娜
责任校对	徐　琳
封面设计	鼎新设计
出版发行	陕西师范大学出版总社
	(西安市长安南路199号 邮编710062)
网　　址	http://www.snupg.com
经　　销	新华书店
印　　刷	陕西龙山海天艺术印务有限公司
开　　本	720mm×1020mm 1/16
印　　张	16.5
字　　数	240千
版　　次	2018年8月第1次印刷
印　　次	2019年4月第2次印刷
书　　号	ISBN 978-7-5695-0137-7
定　　价	49.80元

读者购书、书店添货如发现印刷装订问题,请与陕西师范大学出版总社营销部联系调换。电　话:(029)85307864　85303622(传真)

叙言

诗梵，西安人士，当今之才女，尤擅书画文章，皆文气充盈，其性灵文字可谓画坛独步。古人品鉴以文为第一，琴棋次之，书画又次之。若以此为绳范，唯诗梵可以当得。

诗梵受文化风情的陶养，赖家教庭训之传承，文心已成，其行文皆自心间流出，自有轻松、灵动、酣畅、随机生发之妙，且具雍容之气，所谓"风行水上自成文"，让人难以用"写作"二字目之，其文思更近于自身的天然吐纳。她撰绘的《市井珠玑》所述大多是烟火气十足的古城旧俗或者是平头百姓的居家细事乃至于吃喝拉撒，除了作者那份浓郁的乡情，更有她特具的风趣，显示出女性体察事物先天的敏感、细腻与真率，加上她灵动丰腴的文风形成诗梵自家本色。

她似乎并不过分在意话题的深浅雅俗，大有世间之情却能少有世间之病，所叙虽多市井生活琐事而能典之雅之，文字有方寸、有斤两、有精神、有趣味，意态自足而蹈乎大方，悠然间可见其活泼端雅的内心气质。古人论文："硬直见本领，柔婉正复见涵养也。"比之沧茫深厚的西北文化，她的文字是从中流淌出的一溪清彻活泼的涓涓细水。

书中的插画多来自诗梵平日的小品及笔墨习作，选择的画面似乎尽量在贴近文字的内容，这不知是否受到些流行绘本在设计上的影响，多少让人易产生图解的联想，但其间仍不乏好画，特别是表达文士僧侣的作品：从章法布局，人物形态，构思立意，题款文辞，笔墨程式都更合谐完整与独立，应该更切近其内心精神和学养，显得得心应手，一派诗梵胸臆。

中国的传统绘画与中国哲学与文学精神相始终，只有在繁茂的文化之树上方有可能结出硕果。就这层意义而言，中国绘画又是极为奢侈的艺术表达方式，因为个人精神必须依赖整体文化高度的烟云供养，诗梵或许是幸运者，中国传统绘画还会有这种历史机遇吗？我们或许只能抱着不信东风唤不回的善良愿望与诗梵为之共同努力。唯此，是我们人生寄托的所在。

是为叙。

王孟奇
于古渔阳盘龙谷之简庐
2018年7月28日

老西安

我的老城根儿 / 2

有故事的城 / 6

市声海潮声 / 10

遗传病与传家宝（一）/ 14

遗传病与传家宝（二）/ 18

槐树、泡桐、胡同妞儿 / 22

三寸金莲与维纳斯 / 26

没有瓦松的天际线 / 30

陋巷光阴 / 34

我爱夏日长 / 38

城之河 / 42

有凤来仪 / 46

桂月访旧记 / 50

怀念一些喵星人 / 54

旧物里的隐形世界 / 58

又见从前慢 / 62

市井珠玑 / 66

小神仙

小神仙 / 72
花鸟一床书 / 76
玩物丧志 善莫大焉 / 80
闭门即是深山 / 84
好闲人儿 / 88
彼岸云深 / 92
道在屎溺 / 98
芳龄永继 / 102
共与燕雀庆丰年 / 106
何以销烦暑 / 110
花花草草由人恋 / 114
生生死死随人愿 / 118
画瓷 折桂 喫苦得甘 / 122
昆虫恩仇记 / 128
梅妻鹤子与煮鹤焚琴 / 132
梅子熟时栀子香 / 138
气死毛儿 / 142
失眠千金方 / 146
文房第五宝 / 150
世缘深处 / 154
一场断舍离 / 158
一二如意 / 162
从珠穆朗玛到翠华山 / 166

好吃喝

猴年烟火气 / 174
春色可餐 / 178
十分冷淡存知己 / 182
秋膘怒放 / 186
君子好食 / 190
一人一碗面 / 194
槐序旧味记 / 200
恶趣味之欢 / 204
渡云汤 / 208
晨间水谷 / 212
来碗疗妒汤 / 216
当年拚却醉颜红 / 220
晴窗细乳戏分茶 / 224
春葱秋芥证流年 / 228
不挑食的舌头 / 232
菜蔬地气 / 236
命中的糖 / 240
胖瘦浮沉录 / 246
年年岁岁吃相似 / 250

老西安

我的老城根儿

城墙就在那里,像是西安人的背景音,犹如一声一声的梆子在唱腔后面,梆子声在,节奏就在。

    我自出生至十三岁一直住在西大街一带的菜坑岸,每次寄信写地址的时候都要特意在前面加上"西门里"三个字,城门历来是西安的坐标,标明为的是邮递员更加好找。还没上学的时候,我爸下班后经常带我沿着城墙转悠,我们常去西门瓮城,两扇厚重的大木门总是虚掩着,漆皮斑驳,朱颜尽褪,推门即可随便出入,却鲜有人进去。满地的砖缝里都是野草,有的已经很高。地上还卧着一只石羊,当时在我看来很是雄伟,需要被抱着才能骑上去,骑在羊上跟着我爸念"天对地,雨对风,大陆对长空……"抬头望上去,天是灰蓝的,偶尔掠过一个雁阵,高远的叫声悠然回荡,直至那队列消失在天际。

    夏天晚饭后我和小伙伴喜欢去西门外的环城公园,当时总有个方阵在一进门的空地上练"香功",我懒得绕开,猫着腰从他们起落的胳膊下面穿梭过去,步子快了难免有误差,撞得老太太险些"走火入魔",她跳脚一骂,全阵皆惊,七嘴八舌又来怪她,我早一溜烟遁去了。到假山跟前就听见胡琴响,不远处是一个自乐班的据点,难得这班不是秦腔,唱的是皮黄,老头老太太们票戏票得很认真,有时候还扮上唱"玉堂春跪至在都察院",那角儿也真的跪在石板地上。我最喜欢看《苏三起解》,站得离苏三很近,她手上的锁链末端有一片小铜鱼,正垂在我眼前,我很想给摘了揣走。那段西皮流水最是好听易记,旋律跟着哼几遍就学会了,唱得不亦乐乎。想来我枉为陕西人,却不大听得了秦腔,曲牌固然是婉转的,然而旦角开腔那份凄厉或尖俏总能令我肌肤栗栗，黑撒轰然一吼又震得后脑发麻，有此生理反应，可能还是道行太浅，难接地气。

多年求学、工作绕了一圈，我再度回到城墙根儿下，在钟楼上班，又在小南门居住几年。每天早上出发前逛一趟顺城巷早市，早餐就有了，或许还能捎点花花草草。下班绕一点路，穿环城公园而过，绿树河水隔开一路的高楼大厦，护城河边晒暖暖、聊天、发呆的人好像与对面马路上的行色匆匆一点关系也没有。行至小南门外，若逢推拿的摊位摆出，师傅见我来了远远就笑，问我的"铁板肩"咋样了，在圆凳上坐下，他便手法熟练地按压起来，半小时不过二十元，我自知肩膀僵硬要多费力，总多给他五块，他也会自然而然地收下。推拿完了，暮色渐渐降下，广场舞一时间遍地开花，踩着"动次打次"的节奏走进城门，即是走进夜市那铺天盖地的烤肉香气里。对于减肥的人，这一关实在难过，少于十串肥瘦十串烤筋十串涮肚一瓶冰峰是挪不动步子的，吃完又必后悔，悔完明天再吃。

西安本地人，除了灯会、马拉松或是陪伴外地客人，一般情况很少认真游览城墙内外，我亦如此。近期接到一项完成关于西安老城墙命题组画的任务，提笔画草图时发现脑中的印象其实是模糊的，这才第一次带着脑子绕城几番游走。一路看见故地的自乐班还在咿咿呀呀；含光门里的教堂有新人正拍婚纱照；南城墙上的花灯仍然笋立；书院门写字的老先生夸张地捉笔运气；长乐公园里老太太们玩的还是古老的关中花花牌；尚武门的一群老老少少安静地打着太极……我用手机拍下他们，又在各个角度拍下城楼的样子，像一个初来的游客，然而游客或许能从导游词里知道内城墙这一面是没有垛口的，唯西南城角的转弯是圆形的，月城是永宁门独有的、西北城角广仁寺门前的八座塔是不尽相同的……这些细节我三十多年从未注意过，就好比人们与长年同床共枕的人越发不会互相凝视端详，只是习惯了对方一直在那里。城墙就在那里，像是西安人的背景音，犹如一声一声的梆子在唱腔后面，梆子声在，节奏就在。

婚后搬至北郊，孕期老公经常载我进城上班，高峰期每每驶至城下便堵成龟速，此时他必自动进入吐槽模式："我要是管事儿的，一定把城墙拆了，没大用，只会堵车……"这话一听就不是出自西安土著之口，他哪里知道我们和城墙的交情。如今下班回家，我仍然愿意从西大街，绕北马道香米园一路向北，车轮驶在顺城巷的青石路面上咯拉咯拉，使人心生踏实惬意。常听人说"遇一人白首，择一城终老"，路边枝头银杏叶飘上车窗的那会儿，我心说，哪儿也不去了，就在这儿过吧。

市井珠玑

有故事的城

闲倚户，暗沾衣，待郎郎不归。

　　小时候，我家住在西门附近，西南城角的白鹭湾、龙渠湾、骆驼巷、夏家什字是我的"地盘"。姑姑家住在文艺路，隔几周奶奶会带我去她家小住。路不远，奶奶带我一路步行，过五味什字走粉巷然后向南出城。奶奶是小脚老太太，一路"噔噔"地走着，还要给我絮叨陈年旧事。行到粉巷我问："粉巷为什么叫这个名字；粉又是什么粉？"奶奶说是女人用的胭脂水粉，因为这地方当年是个风流所在。这里还有奶奶和爷爷的一段轶事。我从小是奶奶带大，奶奶跟我讲过自己年轻时候的很多故事，讲得绘声绘色且详细透彻，从来不觉得我是小孩儿，不懂成年人的世界，妈妈当年还着实因为此不满，与奶奶争执过，但我现在觉得其实这是一种增长情商的教育。

　　爷爷当年从户县老家到城里闯天下，与朋友合伙开绸缎庄、做染料生意，日子过得红火。旧时男人手里有些闲钱，茶余饭后流行"逛窑子"。话说浪子眠花宿柳，巷里有多少个罗帐灯昏，巷外就有多少个半床孤眠，正如韦庄《更漏子》所写：

　　钟鼓寒，楼阁暝，月照古桐金井；
　　深院闭，小庭空，落花香露红；
　　烟柳重，春雾薄，灯背水窗高阁；
　　闲倚户，暗沾衣，待郎郎不归。

　　此情此景，多少哀怨，多少无奈。而我奶奶演绎的却是另一个版本。

　　有一次，爷爷饭后说要出去转转，奶奶偷偷尾随着他到这一带，路边每个门口都站着涂脂抹粉穿红戴绿的女人招徕顾客，有的招呼"进来坐一坐啊。"有的招手说"来呀，与你有话说。"爷爷跟朋友刚被两个艳丽女子拥进门槛，就被紧随其后的奶奶抓个现形。一声断喝，闹哄哄的空气突然结冰了，奶奶不骂也不闹，吊着脸只蹦出三个字："往！回！走！"爷爷只得讪讪就范，惹得身后一片唏嘘。

　　衣香鬓影里，红灯摇曳处。我想得出七十年前的那个夜，泼辣的奶奶挽得浪子回头的景象。后来看《大宅门》，白文氏带着一把剪刀闯妓院，觉得情景熟悉得很，只不过白文氏是去找儿子，我奶奶是去拦丈夫，有得一拼。我当时虽然不太听得懂，却能依稀感受到，隔了七十年，奶奶说时仍带着半腔怨愤，却又含了半腔得意。

　　我的奶奶，算是那一伐小脚老太太中的传奇人物了。有名的坚韧泼辣能干。当年与爷爷成亲，是父母之命，媒妁之言，两人从来没见过面。花轿抬进门，拜堂入洞房，新婚之夜初见新人面，爷爷一掀盖头，见奶奶无比丰腴，不是他心仪的类型，扭脸出门就与曾祖母理论去了，质问长辈如何给他娶这样银盆大脸、大腿有菜坛子粗的媳妇。曾祖母解释说胖是福相，会旺夫。好容易安抚好了，爷爷回到房里，不料奶奶这厢早已备好了纸笔，平静地跟爷爷说："我知道你看不上我，你这会儿就把休书写了，拿了我就回娘家去。"恐怕是被这气魄所震慑，爷爷再不折腾，从此更不提休妻的事。然而旺夫倒是真的，兄弟几个，就爷爷最有出息，只是在奶奶跟前一辈子再没占过上风。

现时我住小南门里，粉巷是我每天上班的必经之路，穿过粉巷到西大街，经鼓楼到钟楼。年时金粉散尽，余香仍存一缕，曾经灯影里的狭长街道，如今已经宽敞非常，两岸合欢红如烟霞，楼宇店铺鳞次栉比，红男绿女穿梭其间，然而故事却已讲完，久久铭刻在街巷的名字里。曾经车水马龙的鼓楼城门洞，如今也封着铁栅栏，不供人们穿行，只被游客参观。所谓历史，就是把曾经的平常生活定格封存起来给人看。古诗词里时常借斜阳巷陌做引子，寄托情感，抒发情绪，然而高新一路、电子二路、纬十街这样的街名总也是趁不起那冉冉斜晖，唯有粉巷、甜水井、白鹭湾、洒金桥、湘子庙街、书院门、香米园、莲寿坊这些诗意且有来由的名字在落日熔金之下显得搭调，令人铭记着这个城市曾经的故事。

◎ 老西安

市声海潮声

寻常市声，在老城里长大的孩子的记忆里是挥不去的。可能就像贝壳里一直都会留存着海浪的声音罢。

儿时对走街串巷的吆喝声尤为敏感，甚至是期盼。小孩子所爱的吃食物件儿大多数是手艺人吆喝着送上门来。爆米花、烙蛋卷、糖稀画……

记忆中爆米花的走到哪儿，哪儿的小孩就像过节。通常是一个光头老汉，扯着洪钟一样的嗓门："米——花来了。"大米、玉米、黄豆皆可以拿去爆，那时恨不得把家里所有能爆的粮食都爆成花才好。蹲在旁边看老头一下一下地拉风箱，捂着耳朵挤着眼睛，害怕又期盼着"嘭"的那声巨响。几分钟后，终于轰鸣，伴着扑鼻的香甜气，大珠小珠哗哗落在蛇皮袋里，忙不迭地用带来的容器一边装揽一边满把抓着往嘴里填，那个开心啊，未来一周的零食算是有着落了。

烙蛋卷的要相对沉默一些，那时候零食种类实在不多，蛋卷这种香甜且"洋气"的东西颇受人喜爱，那人只需很文雅地在巷子一端支起他那长条形的炉子，见了这炉子，大家自会争相回家拿盆子端来面粉鸡蛋交给他，他把鸡蛋打进面粉里，掺水搅成不稀不稠的糊，拿一个大铁勺舀一勺，缓缓倾进火上的一排模具，再一一盖住上层的铁板，有熟的便揭下来，趁热用筷子迅速一卷，顺势码进塑料袋。两只手动作很麻利，脸上没有什么表情，他也不大声招徕生意，人走到跟前他才淡淡招呼一声："蛋卷哦，蛋卷。"

　　画糖稀的摊子来了我一定要去凑热闹，这玩意儿比米花蛋卷更加神奇，花钱不多，既吃了甜糖，还体验了轮盘赌的刺激。老汉扯着沙哑的烟酒嗓子，一声递一声喊"糖画了噢！"这声飘进来，我就坐不住了，必须马上去"赌一把"。摊上有个转盘，上面画着十二生肖，交了钱，把指针用手一拨，指针转到哪个老汉就给做那个。舀一勺琥珀色的糖稀，用勺子贴在白石板上画，手一停就干了，给中间按上一根竹签，用铲刀轻轻一起，成了。老鼠拳头样小，龙却有一尺高，都是两毛钱。转到小的自己捶胸顿足，看客唏嘘不已，转到大的，众人喝彩，自己得意。所有小孩儿都盯着大龙去转，研究角度、力度，像买彩票算概率似的，为练习这个技术，我的存钱罐都被吸得见了底。

　　除了这些小孩儿关心的吃食，磨剪子锵菜刀、补锅补壶、擎着竹架子的南方货郎、偏方神医、针头线脑、甚至耗子胶耗子药……走街串巷的叫卖声填满了整个童年时光。听奶奶说，她小的时候有一种东西叫"俩钱一蘸，仨钱一涮。"扁担上挑两个带盖的桶，给两个铜钱，把手从一只桶的小孔里伸进去蘸一下，掏三个铜钱再给你在另一只桶里涮掉，其中有一桶是清水，另一桶你猜是什么？竟然是屎！如此利用人的好奇心，愿者上钩，也是绝了，但在一块地方只能是一锤子买卖，敢再来一回必遭追打，缺德带冒烟啊。

街巷里的吆喝声现在几乎已经听不见了。张爱玲说自己喜听市声,她也曾躺在枕上等着听卖豆干的那声"臭——干。"不比有诗意的人,在枕上听松涛,听海啸,而是要听着电车响才睡得着觉。窗外的声音久而久之也成了习惯的一部分。对于我来说,安睡的夜,不能太静,也不能太吵。施工声、呼噜声、汽车声破坏性太强,然而,秋虫振翼声,不咸不淡的交谈声,别人家的电视声,隐约磕巴的练习曲声,悠远的吆喝声……这些家常的市井之声,不是打扰,反能安神。记得小时候到了晚上在电视声混着拉家常的声音里经常不知道怎样就盹着了,上床去刚刚闭上眼睛,睁开就是天亮。

《龙川词》有句曰:

"人家小语,一声声近清唱。"

这几个字,是把市井之声品咂到了好处。寻常市声,在老城里长大的孩子的记忆里是挥不去的。可能就像贝壳里一直都会留存着海浪的声音罢。

现在,我每天上班的地方离市中心的钟楼不足一百米,周围店铺林立,门外电子广告声、促销叫卖声远远地不绝于耳,经常还能听到钟楼的钟声和鼓楼的鼓声,起初钟鼓声着实令我感动,想起鼓楼牌匾上的"声闻于天",不免感叹这传统还能维持至今,后来知道那其实是旅游项目,游客交两块钱,随便敲,不禁自嘲自作多情,不过没什么,声音总是一样的。我隔壁的同事犯头痛,疑是门外低频噪音所致,打环保投诉电话多次,未果,来跟我抱怨,邀我一起投诉,见我不温不火,他不可思议,问我"你真没感觉?"我取出一枚印章,沾着镜面朱砂在连史纸上盖了,递给他,他看了一眼,走了。

那纸上红红的四字朱文正是"市声书屋"。

◎ 老西安

遗传病与传家宝(一)

经历很多事情,人都会暂时迷失,我也迷路过。看看旧照,回头想想童年,于是,不用剪红纸片做"回魂贴",就这样,自己又被找回来了。

小时候,每年六七月间,我都掰指头算日子,一放暑假,就可以到外公外婆家住,有妹妹作伴,外婆烧饭相当好吃,外公最是可亲有趣。我的外公可以说是个旧式人物,民国时的公子哥儿,身上有些末世范儿,带着文人习气。家里有不少他年轻时的老照片,穿西装,坐汽车,赏人大洋。诗词歌赋文书画印都来得,好美食,嗜酒,票戏,且能拉小提琴。为时代动荡的浪潮所搁浅,中年做了小学美术教员。记得有一次跟外婆到他学校去,向晚学生散了,外公坐在教室外面廊檐下捏一紫砂壶对着嘴喝茶,里面黑板上是一幅巨大的漫画:石路,粉墙,墙里飘出烟柳,两个人嬉笑着骑车闲谈。虽然是粉笔画,仍看得出丰子恺味道。日后渐知近代的丰子恺、苏曼殊、李叔同都为外公所最推崇,远到陶渊明,更是视为故人一般。还自己刻了一方"知白守黑"的印章,逢画必盖。家里年节时候,外公会在皮宣上画些景物、清供,不装不裱,只是朴素地张贴起来作为装饰,角落里总有一闲章"知白守黑"。如今外公年逾八十,不再画画,这方印已给了我。

外公爱喝酒,夏天午后,常摆上一搪瓷盘红烧肉或几瓣变蛋、一碟腌辣椒和一小壶烧酒,边吃边喝,他喝我也喝,小盅边上抿一点,又吃辣椒,龇牙咧嘴,常招外婆骂。如今外公高血压,不能饮酒,偶然喝几盅话就多起来,兴致高时,历数年少繁华,讲我太爷生平,以及那些如雷贯耳的名字们的旧时铁事。太爷我是没见过面的,连墓碑也只见过二三次,对那些大人物更是印象模糊,上学时候跟他们有关的那段近代史我也是懒得背的。我只喜欢听享乐的部分,比如琴棋书画、吃喝、戏曲之类。儿时曾见外公在外喝大了一路唱《盗御马》回来:"将酒宴摆至在聚义厅上……闯龙潭入虎穴某去走一场……"惹得邻人侧目也无所谓。现在不喝酒也还是爱唱,回去看他时,一起唱《凤还巢》,唱罢还要讲典故,说这戏当年是被禁的,因为"凤"与"奉"谐音,岂不是要赶奉系和张大帅回老窝去么。前年我唱《锁麟囊》的一段四平调录在MP3里,他戴上耳机闭着眼听,还拍腿打点儿。听到不对处皱眉,说:"这句尾音奔拉了,四不像。"《锁麟囊》里薛湘灵是程派青衣,唱程派讲究"橄榄腔",尾音得立起来收,我自知不到位,还犟嘴说我又不是角儿。他认真瞪眼说要么别唱,唱就不能胡唱。

去年帮外公外婆搬家收拾屋子,翻拣一大堆旧书,书虽旧,纸角泛黄,但每本都用牛皮纸包着书皮,封面上写着诗句以记阅读感悟。竖版的古文,内页里打着一个个断句的朱砂小圈。空白处还有注释、批文。家里人都不大稀罕这些故纸,几尽卖掉。

我拦截了几箱放在家里。偶然翻看一本《魏碑大观》，里面夹有一张黄渍斑驳的清瘦年轻男子长衫小照，细看却不是外公，背面还有一行清秀小字：

志清（外公的名字）：请代我与书一并转交与她。

原来外公年轻的时候也替人私相传递，我一出生就认识的这个老头也是青涩浪漫过的。然而，"她"是谁呢？这照片也并未能到"她"手中，不知其中又有什么故事。

家中后辈只有我父母从文，一样读书写文章，但受新式教育，经过了特殊时期涤荡，又在党的喉舌做过好干部，身上并没有文人癖好和旧趣味。我妈妈年轻时演样板戏跳芭蕾舞，写出文字也腔调十足，有几本集子出版，拿到我外公面前，却被归为是"洋小资"一类。我父亲倒爱读旧书，也还与外公有些共同语言，其他方面的交流毕竟有限，只是不料想我身上竟有些这样的隔代"遗传病"。

儿时十之七八与奶奶和父母度过，来外公这边只有十之二三。这两个环境几乎代表着我所受的全部性格养成教育，奶奶泼辣能干，她把急性子和一部分粗线条遗传给我作为打底，添上我爸的一些乐观与宽和，再掺入我妈的几许善良和敏感，而在外公那里袭来了大部分的自在淡然和一点点原生的仕途经济熏染。就这样，所以我才是我。

经历很多事情，人都会暂时迷失，我也迷路过。看看旧照，回头想想童年，院子里那个托腮发呆的小女孩就在那里。哦，我原本就是这样。于是，不用剪红纸片做"回魂贴"，就这样，自己又被找回来了。

遗传病与传家宝（二）

她说：世上的事，谁也替不了谁，该吃的肉，一口少不了，该吃的屎，一口免不了。只有那些吃过的屎和让我吃屎的人教我的才是真正属于我的。

母亲节那天，有人在朋友圈分享《今生今世》片段，不知怎的我一直以来读到这段，脑子里的画面都是由我奶奶的形象来主演的。胡兰成的母亲吴菊花是个旧时老太太，我奶奶也是个旧时老太太，虽然没有那么"旧"，但是所谓旧时，很长一段时期感觉上大抵是相似的。

我奶奶不大识字，是最后一波缠足妇女。一双没有最终缠成的半大脚，永远穿三十三码的丝绒布鞋，迈开步子也能生风。自我见她就是一头银发，向后梳去，短齐耳畔，两边分别用小卡子笼住，一丝不乱，是为了做事利索。

奶奶每天的主要事务是家里的三餐，每天我最常见到的是她在厨房里忙碌的背影。有时候我写完作业后也喜欢到厨房帮忙（一般是帮倒忙），她在水池、案板、灶台间穿梭，还要兼带盯着我以免惹祸。奶奶的手不大，但骨节粗壮，掌纹杂生，如石刻，似铁打。相术言此手主勤劳，相书曰"女人手如姜，财谷满仓箱"也并非完全胡诌。我常见她伸手到蒸汽汩汩的锅里把滚烫的碗盏捧出来，或是用手掌贴近釜底试探油温。甚至有一次，因为切菜太快剁掉了左手食指的一块肉，她连忙按住，喊我赶紧打开水龙头，放在冷水下冲了一阵子，又命我取来白胶布简单缠定，就算处理完毕。我觉得这样太过草率，提议去卫生所包扎一下，却被她一顿抢白，说我大惊小怪、小题大做。过了个把星期，那块肉竟然神奇地愈合了，只留下一圈微凸的白色细纹，之后听她说有时丝丝发麻,恐怕是要变天了吧,于是隔天果然落下雨来。

童年的雨天似乎比现在多,且下起来没完没了,院子里当真积起水来能淹没脚踝。奶奶受够了阴雨就会找来硬纸壳大概剪一个人形,嘱咐我拿彩笔在上面勾画出一个女人样儿,手里要拿扫把,衣衫务必鲜艳,此之谓"扫天婆",据说挂在檐下能扫云止雨。在农村这是最简单易行的方法,还不奏效的话,就得动用"寡妇推磨",即七个寡居老太太披红挂彩共同推磨,一番折腾下来,再无不如愿的。当然,大动干戈是针对大雨,如若雨势微小,对着乌云骂两声也是有用的。夏天常有过云雨,怕就是给谁骂睛了吧。

关中女人吃油泼辣子长大,泼辣善骂是自然的。奶奶的毒舌,我自小领教:老姐妹见面,不问安好,执手相看时说的是"你这个老东西怎么还没'跌棍儿'呐?"所谓'跌棍儿'取直直倒下之意,内涵可想而知。我淘气过分的时候,常被骂"上房揭瓦""披被儿上天""鬼样子",也是再形象不过。如今想起,这些话从奶奶嘴里说出,并不存半点恶毒发心,只是说者已然不自知地参破了生死,也乐于相信"咒一咒十年旺"罢了。时至今日,哥们儿姐们儿遇人寻衅时还总给我发信息,为的是讨要一句致命的话一举击败挑衅者,还都"在线等,挺急的。"想我儿时所受"熏陶",加之早早偷读过张爱玲,口中"舌华"是现成的,每每蹦出几句,总能致问者告捷。日久觉得实在口业太重,才不再兜揽了。

奶奶骂我不因我人小而口下留情,其他事上也不拿我当小孩子看。寒食早晨那一瓢生水,她喝一大口也让我喝一大口;蒸了酿皮子,大人是怎样的一碗我也是怎样的一碗,油醋麻酱辣子一样不缺;她爱与我讨论坊间艳异、邻里是非,以致我少年时代有一个阶段特别好管闲事。

她说:世上的事,谁也替不了谁,该吃的肉,一口少不了,该吃的屎,一口免不了。这么多年过去，我深刻明白了享过的乐，稍纵即逝，只有那些吃过的屎和让我吃屎的人教我的才是真正属于我的。凡事无须庆幸也无须抱怨。

我刚上学时，爷爷突发脑溢血，之后在床上躺了三四年才去世。其间吃喝拉撒、按摩治疗，都由奶奶操持，虽然二老一辈子磕磕碰碰甚也凶，但爷爷瘫痪那几年，奶奶一直能与他谈笑着顿顿亲手喂饭、天天端屎端尿。当时只道寻常，此刻回想，实属不易。然而那突如其来的祸事，即便他人无法想象，之于奶奶，也就那样等闲看待了。

老一辈人，历经劫数，余生险被清零，所得的都算赚的，时代变迁，家财散尽，私宅变成杂院，亲朋生死聚散，这才将贫富、福祸、存亡看淡，深感吃苦是了苦，享福是消福。这份豁达心地，是真正的不畏将来、不念过往。我妈常说我继承了奶奶的心大神经粗，我自知能得其十之一二的本事，便能保我在生活粗粝时，静悦如常。我深谙他们教我正大的人生道理，却心下不希望我吃亏。有时我仍会患得患失，或许还是因为拥有太多。困难总是如同豌豆公主二十层床褥下的那颗豆子，会使纤弱者辗转难安，对于强壮者却不值一提。我想如果奶奶在，她会教我跳起来掀开床垫，把豆子拿出来吃掉。

©老西安

昔年曾见,涛梵

【这份豁达心地，是真正的不畏将来、不念过往】

槐树、泡桐、胡同妞儿

我们小时候急于长大，用了前半辈子好不容易成熟，然后开始怕老，再去用后半辈子怀念过去，回归童真。一生一循环，人恐怕就是这样奇怪的动物罢。

我出生在大杂院儿，从小就成了一名"胡同妞儿"。

我家住的是一个两进院儿，是我爷爷和同做生意的两个兄弟一块置办的。后来，前后院两边两排厢房都充了"公房"，一一分给别家，每屋各住一户新人，而前中后三间大屋还由原来三家各自居住，于是院子成了大杂院儿。我家就住在院里腹地——中间的"过厅"。

"过厅"后面有个小过院，有一道"二门"连着后院，门边有棵大槐树，正对着我爸妈房间的后窗，春天槐花丰盛，夏天虫子丰盛。夏天我和院子里伙伴儿时常在树下捉知了。其实我是怕腿儿多的动物的，不过流行那么玩儿，就硬着头皮抓，后来便习惯了。拿一个长竹竿，顶头涂上胶，一粘一个，一粘一个。粘到个儿大的，不免一阵尖叫狂喜。有一回，我爸在房子里面正开着"钻石"牌录音机录磁带，被突如其来的尖叫破坏了，从窗户伸出头骂："叫唤啥！捶你呢！"我撒腿就跑。之后听到那盘翻录的民乐合辑，里面一首《月儿高》，放到半截，一阵吱吱啦啦，也还有"叫唤啥！捶你呢！"之句。听惯了这个版本，再听完整的《月儿高》反不习惯，这个乐句之后该捶我了，怎么没了呢？

记忆里后院儿总是满地青苔且落英缤纷的，想必是泡桐的树冠太大，青砖总也不能痛快晒上太阳，所以青苔就放肆生长起来吧。我和院子里的姐妹儿哥们儿经常在这片巨大的树荫下玩儿"过家家"。"过家家"的一切都是假的，而我做的"饭"，就是树上掉的淡紫色桐花，却是真的能吃，捡起来对着把儿轻轻一吸，半管儿蜜，甜得不像话，偶尔会吸到蚂蚁，一惊一乍"呸呸"地吐出来。

这段时间其实是我妈最发愁的时候。她下班推着自行车回到院子里，总看见我哐啷哐啷踢踏着一双她的大高跟鞋，头上绑着纱巾装仙女，胳膊上也是纱巾，脸上腮红深重。我跟前那一串儿人马也是一样装扮，一水儿货色。为了玩得"入戏"，有一回我给一个小孩儿抹了个大红腮帮子，晚上大伙儿散了，他回家去一照镜子把自己给吓哭了，他妈拉着他找到我家来，让我家人收拾我。我妈把我抽了一顿，我气得在地上滚着哭，其实那时候她也挺绝望的，觉得不可能在像我这样的女儿身上实现她未完成的淑女之梦了。后来说起来，我妈说我婴儿时期抓周，一上来就抓胭脂，后来扔了胭脂去抓笔，是不是挺准挺邪性的。

其实第一次正式听到"胡同妞儿"这个称谓是在徐静蕾的电影《梦想照进现实》里。导演为喝大了的徐静蕾叫宵夜,绕口令般报出"五样甜粥五样咸粥,白粥五饺子五馅儿饼五,五卤菜五小菜五冰啤。"饭一拿来,往茶几上一摊,徐静蕾往地上一蹲一开吃,导演对她的评价是:"您这一搛馅儿饼一蘸醋一翻腕儿往牙上那么一咬一吸溜,解香又解馋,解热又解酸,胡同妞儿那基本架势就出来了。""胡同妞儿",这个形容词入木三分,又够传神。胡同妞儿出身的女孩儿,是有股独特的劲儿,各自版本不同,气质架势却颇为相似。因为家里人既惯着又骂着,妞们大多喜欢野在外面,到点儿也得回家,疯玩儿可以,不能耽误学画画,弹钢琴,写大字,背诗词,从小处于"半放养"状态,没做过萝莉,更不是公主,性别意识没那么强烈,离林黛玉很远,跟史湘云稍近,介于淑媛和痞女之间,挨得打骂,受得宠溺,玩得起,值得爱……

人总爱怀念自己愉快灿烂的好时候,于是一些人有乡村情结,一些人有军旅情结,而我的老市井情结时常从心底深处泛上大脑表层。近来更多地想起小时候院子里的槐树和泡桐,我也在天气好、下班早的时候绕道沿着西大街拐进骆驼巷到菜坑岸、白鹭湾一带走一遭。故地还在,故园已经面目全非,参差的楼宇间已经难寻旧时的点滴踪迹。如今只有农家乐的餐桌上还有槐花饭的清香,雅诗兰黛的香水味里隐约藏着桐花的甜蜜。至今午睡时听见蝉鸣,仍有种升平之感,不觉吵闹,反而安心。我们小时候急于长大,用了前半辈子好不容易成熟,然后开始怕老,再去用后半辈子怀念过去,回归童真。一生一循环,人恐怕就是这样奇怪的动物罢。

【午睡时听见蝉鸣,仍有种升平之感,不觉吵闹,反而安心】

三寸金莲与维纳斯

文人画士的一点爱好，导致满世界找不到一株健康自然的梅树。女人脚曾与梅石同为审美对象，缚梅、叠石不辍，裹足也必盛行了。

午饭后我常逛鼓楼化觉巷，看看那些收来的或做旧的小玩意儿，可堪消食。有一回见一撮金发碧眼的国际友人围着一双绣花鞋各种惊叹，凑过去一看，原来是对三寸金莲，真的只有三寸而已，紫罗兰的缎面上，五色鸳鸯，彩羽清波，莲心金线，莲瓣朱砂，针脚细密，精巧之极。听导游模样的女孩跟他们白话来由："Long long ago……"我心想你就蒙他们吧，哪有那么long啊，我奶奶就是小脚老太太。

从小我就听奶奶讲缠足的故事，她老人家早在五岁时就开始进行这项艰苦卓绝的事业，八尺裹脚布，千痛万苦折腾了半年，终于把除了拇指以外的四个趾头踩在脚下，脚背也成功地拱起，只是仍然不够尖窄。当时一双好脚的最高境界是：瘦、小、尖、弯、香、软、正。奶奶的妈妈是一个完美主义者，她信奉只有把脚裹到位，女儿日后才有可能嫁得如意郎君，她一定要尽到这个责任。不够幸运的是奶奶的脚属于不太伏贴的那种，后来不得不动用了一种辅助工具"夹板"，据说白天疼得走不了，晚上疼得睡不着……

当瓦碴、瓷片这一类更高阶的"刑具"准备被启用时，妇女宣传队到了村里，大力号召给女孩子们"放脚"，奶奶也在这场运动中被松了绑，从此不必再受疼，但是半成品的金莲也失去了达到最理想的状态的机会。以当时的传统标准看，仍有种功败垂成之感，奶奶本人日后也常引以为憾。

被缠的人虽然是受害者，显然也打心底接受并习惯了这种审美规则。小时候我在外面野得时间太长叫不回来，奶奶就扯着嗓子站在门口发飙："真是乱没王了，现在女娃不缠脚，都疯得管不住了。"如今想起这话，一脑袋瀑布汗，多亏时代不同了不用再缠足，否则看这架势，奶奶绝对会把她当年所积攒的经验不遗余力地应用在我脚上。

裹脚的病态审美大抵和梅花、盆景、太湖石同属于一路，同样追求精致的畸形，越畸巧越值得歌颂。这种口味的根源要算在文人画士的头上。龚定庵《病梅馆记》里说：

"梅以曲为美，直则无姿；以欹为美，正则无景；以疏为美，密则无态。文人画士以绳天下之梅也……而江浙之梅皆病。文人画士之祸之烈至此哉！"

文人画士的一点爱好，导致满世界找不到一株健康自然的梅树。女人脚曾与梅石同为审美对象，缚梅、叠石不辍，裹足也必盛行了。几百年来女子都在比脚，更胜于现在拼腰围比罩杯。变换的审美标准让女人一代一代地忙活下去，自虐着也互虐着。楚王好细腰的时代有人饿死，以胖为美的时代想必也有人撑死，人生百年只赶得上一种标准，然而玉环与飞燕却是长久地风水轮流转。

在这个锥腮巨乳纤腰长腿当道的时代，即便是瘦子也不敢心安理得地顿顿饱食任意生长，我的银盆大脸和富态身材更显得生不逢时。其实万年以前奥地利出土的原始女神维纳斯是很健壮的，几乎只看得到丰硕的双乳和粗壮的大腿，其他部分反而弱化了，这尊塑像把女人在社会中的功能和地位交代得很清楚。身材像她，当然显得太夸张了些，但健康、舒适的前提下如自然般强壮的女人总要比捧心西施与咯血黛玉好过得多。

我妈曾把一个洋气的断臂维纳斯烛台买回家，奶奶见了感到不满："买东西也不知道挑，买个烂的，手都掉了。"我说这是爱神，代表爱、代表美，残缺美！奶奶不以为然地杵着她代表病态美的小脚噔噔地走开了，撂下背影和她的观点："残缺还美，你肯定瓜了。"

维纳斯活在神话里，小脚老太太也越来越少见，留下我们还在为美丽事业奋斗不止。就写到这儿吧，再不去睡又该饿了……

◎ 老西安

【人生百年只赶得上一种标准，然而玉环与飞燕却是长久地风水轮流转】

市井珠玑

没有瓦松的天际线

还好有人说修旧如旧,还好有老城,还好上班路上的城门城墙钟鼓楼还在,尚不至于把故乡认成他乡。

偶然在网上看到一个评比《最美城市天际线》的帖子,人气甚旺。上榜者有纽约、东京、香港、芝加哥、上海、悉尼、迪拜等等,都是国际大都市。列出的图片都是蓝天白云、高楼林立,整齐划一,十分体面。但是如果把这些图片放PS里变成黑白,再把对比度调至最大,成为剪影效果的时候,谁还能认出这些轮廓哪儿是哪儿呢?

我真正住过的城市只有西安和彼得堡。其他地方都是走马观花。20世纪80年代的西安城天空很干净,仰头一望,总能看到城墙用一条均匀的折线把天空分成两半。一半是灰色的静止的城砖,一半是流云飞鸟。那时所有房子都没有城墙高,房顶是一层层的灰瓦,瓦缝里窜出一种暗绿色的植物,奶奶称它为"舍葱",像一座座小塔,有节奏地凸起着。谁家孩子长了疖子,大人可以搭梯子上房摘一把,捣烂了敷上,几天就见好。后来我知道这种植物的学名是"瓦松",景天科,不仅入画,还可以入药。老房子拆掉之后就再也见不到了。

彼得堡的老城和新城是分开的,老城里见不到一座现代建筑,宫殿、教堂、学校、住宅、地铁站都还是旧时的老样子。商店和银行也开在老房子里,并不另起高楼,所有的高楼都起到新城去了。学校的教学楼有年头了,进入楼里才能感觉到是现代,鹅黄色的楼体装饰着繁复的雕花,窗棂上的花样都跟赫尔岑的雕像一样完好,上课跑神的时候望着对面窗口的动物、花藤、卷草也能看好一阵子。学校有个年纪大的女老师对中国传统文化蛮感兴趣。得知我能唱戏,非让我在课堂上来一段,我清唱了两句《锁麟囊》的四平调:

"怕流水年华春去渺,一样心情别样娇。不是我无故寻烦恼,如意珠儿手未操。"

这段虽短,然娓娓道来,音容婉转,她听完比较激动,几乎结巴了,说她仿佛看到了那什么……那什么……两手在空中比画出一溜尖顶飞檐。半天才说出:是故宫!那是她脑子里的中国范儿天际线,尽管如今它也早已被新凸起的几何线条遮蔽地很含蓄了。

有人说中国现在的城市像欧洲,乡村像非洲。我们讲究有粉要往脸上擦嘛,可化完妆都不认识了。密斯·凡·德·罗说了:Less is more. 所以什么飞檐、斗拱、鸱吻、垂兽都可以省省了。勒·柯布西耶又说把工业化思想带入城市建设。所以几十层的高楼一个个像雨后春笋,不是盖起来的,倒像是冒出来的。每每看着整天路过的大楼变

市井珠玑

戏法一般一天高似一天,总是操闲心,联想起《桃花扇》那句唱词:"我眼见他起朱楼,眼见他宴宾客,眼见他……"不说了,这话太损,然而仍觉得这般快速的生长透着重复和乏味。我们摘取了些包豪斯的理念,把城市盖成了一簇一簇的长方形小盒子。站在楼间的过道里,谁能想起凡德罗老人家还呼吁"四望无阻",柯布西耶还倡导大片绿地和阳光,这些都哪儿去了呢?别怪这二老,他们也冤枉着呢。

话说经济基础决定上层建筑,地面上建筑的审美趣味自是吃饱穿暖以外的东西。毕竟设施健全了,生活水准提高了,把身体先搁合适了,心灵需求就再说吧。央视有公益广告说:"一个商业会所,毁掉一座百年古宅;一个高档楼盘,毁掉一座千年古庙;一个形象工程,毁掉一座千年古城……"其实,不知道或者不在意自己在建立什么比毁坏更有杀伤力。《疯狂的石头》里演过一段,老板在对着模型琢磨新大楼的外观……嫌建筑没有特点?顺手拿起个琉璃瓦的尖顶小亭子往楼顶上一搁,哈!中国风这不就出来了。现实中有多少楼也是这么琢磨出来的,再往前琢磨一步,还可以取名叫罗马花园什么的。古典又洋气,瞧多混搭!不过这是您该琢磨的吗?设计师干嘛去了?行行,您有钱,您说了算!

看一眼吴冠中笔下参差的黑瓦,似乎听得见水乡摇橹的吱呀声;夏加尔五颜六色的小房子,总让人觉得屋里餐桌上的酸奶油、果酱、煎饼伴着手风琴轻快的节奏飘出家常香味;桑贝漫画里的哥特尖顶心电图一样连绵起伏,混合着巴黎的咖啡雾气氤氲开去……曾经的庭院深深深几许,杨柳堆烟,重重帘幕,这种环境或许真能损伤劳动者的斗志吧,看到照片里的大楼,才会蓦地想到假期结束

◎ 老西安

该工作了，哈，这就是现实。还好有人说修旧如旧，还好有老城，还好上班路上城门城墙钟鼓楼还在，尚不至于把故乡认成他乡。若是我们能在营造建设时，照顾下天际线的表情，那岂不是低头赶路的同时，随时都能享受翘首观天望云之乐了。

陋巷光阴

大部分人惯会怨苦羡乐，一部分人善于苦中作乐，更少的人懂得以苦为乐。

菜坑岸8号老院子拆迁那年我刚好上初中，拆迁办每天有工作人员在院子里动员住户，来来回回磨了几个月，终于一院人开始陆陆续续搬家。虽然奶奶心底很留恋老宅，但也算得上思想开通，并没有加入老人们的"钉子户"队伍，所以我家算是搬得早的。由于当时我爸单位建于小南门的家属楼还没有竣工，我们得先找个临时的住处过渡几个月，于是举家搬到了飞跃巷。那是一条L形的弯曲小巷，从安定门内顺城墙的北马道向北不逾百米便是巷口，另一端的出口在西大街上。

巷子是陋巷，巷口的砖路往深里蜿蜒着就成了土路，基本见不到什么商家，也没有小吃店、杂货铺，路两旁皆是住户。新搬的小院是三面简易的红砖二层楼围出一个天井，穿过天井，登上刷着暗红油漆的铁制楼梯，上二楼，走到尽头就是我家租住的屋子。二十多平米的空间用大衣柜和书柜隔成两半，父母住一半，我和奶奶住一半。每层楼只有一个水龙头，炉灶都支在屋外的走廊上，到了饭点，各家排队洗菜接水，锅碗瓢盆叮当交错响成一片。我经常在这个时候放学回家，一路穿过每家不同饭菜气味的区域，然后坐在自家桌前吃自己那一味。

院子里取暖、降温、上下水均不健全，也没有厕所，最近的公厕大概离我家三百米，每天早上七点来钟是高峰期，门前往往排起长队。我起床第一件事就抓一本书去排厕所的队，有闲书看，也不怎么焦躁。我爸就比较麻烦了，因为有痔疮的缘故，本来如厕时间就长,完了还得蹒跚跋涉,回家要在床上趴十五分钟之久。

和我同班的女生樊同学家住北马道北头的化工家属院,我俩每天放学结伴同行。曾经的冬天似乎异常寒冷,我们捂得严严实实,一人戴两层手套,里面一层分指毛线的,外面一层连指夹棉的,手套太厚无法握拳,两人象征性地拉着手,其实只是掌心直直挨在一起。

初一那年开始有晚自习,我们每天要在学校和家之间打三个来回。记得有一回下了自习,整条街上只有我俩边聊天边走路,冬天的九点多钟,住户都已关门闭窗,路灯昏昏暗暗的,对面远远拐出一个自行车,吱扭吱扭骑到我俩面前突然停下,一脚踩地,冷不防两手"哗啦"把长大衣一敞,竟然没穿裤子!我俩一愣,他得意地哈哈笑着蹬车跑了,等我回过神,在地上摸了块石头叫骂着朝那背影砸过去,所憾对方已远遁,射程不能及。此事回去并没和家人提起,很快也就忘记了。

我家屋子仅南墙上有一面大窗,写字台摆在窗下,我天天趴在这儿写作业。面前对着天井,晴天能看到阳光从上面照射下来,影子被栏杆分割成一条一条铺陈在地,狗趴在墙根破藤椅上睡觉晒暖暖,背上也有了"斑马纹"。因为楼顶没有挑檐,雨天,水直接贴着外墙从玻璃上哗哗地淌下来,窗外的世界就像隔了万花筒,支离破碎了。天井里时常挂着各家的衣服,有时已经干了却并没有收去,五颜六色随风飘转,衣架相碰,风铃一样叮叮有声。偶尔底下传来房东奶奶的声音,她总是叫:"弦儿—弦儿—",乍听时我心说谁还拉胡琴吗?久了才知道,是叫她儿子呢,原来是"贤儿"。

面前景物繁杂,容易思想抛锚,奶奶路过我身后,总见我发呆、乱看,或是在课本边上胡涂乱画,晚上给我妈告状说:"看着学习呢,其实在那卖茶'日闲杆'呢,再不搬家这娃学习就瞎了。"我妈那段时间工作不大顺意,加上家里空间逼仄,本来就难见笑颜,经我奶奶这么一戳火,我就得挨骂,也懊恼得很。

　　我家院子里的邻居有三班倒的工人、修自行车的、摆摊卖菜夹馍的……紧隔壁住的胖老太太是批发日用杂货的，爽快利索嗓门大，和我奶奶最对脾气，几乎成为闺蜜，两人没事就在一块聊天，我家做了吃食总得给她端一碗，她进了什么好货也会留一件给我家。从来没见过她的家人，也没有什么亲戚登门，而她天天风风火火、强壮快乐，俗话说"人生莫受老来贫"，但是有些人，贫就贫，贫也乐呵。

　　论生活条件，居住陋巷的这段日子堪称艰苦，但我当时并没有感到十分难熬，少年不识愁滋味，也尝不出什么苦来。大部分人惯会怨苦羡乐，一部分人擅于苦中作乐，更少的人懂得以苦为乐。

　　苏东坡曾作《定风波》，友人王定国因他的"乌台诗案"受到牵连被贬岭南，侍妾宇文柔奴随往，谪居蛮夷烟瘴之地，三年方归。归来时苏东坡前去看望，本来带着内疚，兼而打算宽解一番，不料柔奴的态度令他深受震动，于是写下这首词赠予她：

常羡人间琢玉郎，天应乞与点酥娘。
自作清歌传皓齿，风起，雪飞炎海变清凉。
万里归来颜愈少，微笑，笑时犹带岭梅香。
试问：岭南应不好？却道：此心安处是吾乡。

　　末句七字，被后世广为传诵，柔奴的微笑，亦是最好的微笑，有了这份宽阔豁达，即使流离在外也能淡定泰然，即使茹苦含辛也能甘之如饴。以苦为乐者要么是踏尽红尘、修为高深、参悟透彻，要么便是天性中自带二两多巴胺，词中的柔奴当属后者，我认定我奶奶也属于后者，很幸运，我继承了这一点。

　　或许是居住时间短暂的缘故，从飞跃巷搬走以后我很少想起这里，此后多年，夜间数次梦中回到菜坑岸的老院子，却没有飞跃巷的影子。其实直到现在，我下班每天

【有了这份宽阔豁达,即使流离在外也能淡定泰然,即使茹苦含辛也能甘之如饴】

都要走北马道巷,路过曾经的西巷口,但儿童医院扩建后,这条巷子早已不复存在,往日的旧迹已然无处可寻,我还试着在高德地图上搜索,显示的0条结果简直令人有些恍惚。回家翻出1989年的地图,细细搜求,终于在书页边缘发现了那条窄巷的位置,于是,顺便将二十五年前,实实在在于此居住的二百天回味一番。

我爱夏日长

正如李昂联句所言:"人皆苦炎热,我爱夏日长。"时节自然而然地循环往复,常见人伤春悲秋哀冬,却只有"芳菲歇去何须恨,夏木阴阴正可人。"

　　立了夏即是夏天,古有习俗"立夏日启冰",记得小时候夏天之前玩耍回来无论怎样汗流浃背,大人也是不让喝一口凉水,吃一个冷饮的。门外推车叫卖冰棍的就像勾魂,然而总要熬到立夏这一天才能解禁,拿了五分钱,箭一样冲出去,到冷饮摊跟前,泡沫箱上面盖着棉被,里面装着白糖冰棍、醪糟冰棍、山楂冰棍、豆沙冰棍,口味一色的单纯素净,一口咬下去,丝丝凉意沁入心脾。每天换着口味来一根,乃是儿时夏日的一桩乐事。

　　夏天之乐,还有每日的乘凉时间。夏夜的屋里,几乎是没人的,到了傍晚,大人们都陆续溜达到院门外,门槛放倒了能坐三人,想坐狮子门墩要早早拿扇子占上,大伙多是搬了自家凳子出来,围成一小圈,甚至有人把钢丝床、藤躺椅挪出来,在外面睡一夜,也并不觉不安全。奶奶吃了晚饭收拾停当就会加入老太太们在臭椿树下的小圈子,摇着蒲扇聊天,话题不外是些邻里是非,谁家新买了什么,谁家来了什么人,谁和谁好像有一腿之类……总之格调不高,且少儿不宜。小孩子也听不进去大人们的话题,撮堆儿跑来跑去自己玩,玩渴了,壮着胆子奔过漆黑的前院,到八仙桌前抱起白瓷提梁大壶对着嘴咕嘟咕嘟喝一气晾凉的糖茶,痛快!

　　乘凉时间里,我最爱和一堆小孩玩拍"洋片儿",所谓"洋片儿"是一张张火柴盒大小的卡纸,上面画有刘关张、姜子牙、孙猴子、白娘子等一干小人书里的人物,每人押几张放在地上，轮流用手搧，洋片儿翻过去就算赢，很需要几分技术。一般参加拍"洋片儿"的男孩居多，因为要用手在土地上擦来摸去，淑女都嫌不卫生，好在我从来没觉得自己是淑女，且积攒画片儿的成就感促使我天天乐此不疲。有一晚走运，把一个小哥们儿赢干了，他当时憋着，晚上大伙散了以后，拉上他奶奶撑腰，跑到我家拍门，让我把赢的还给他。气得我乱跳，无奈家人碍着他奶奶，为了邻里和平，连哄带呵斥地从我紧捂的兜里抠了几张出来给他，我拗不过大人，嘴上仍旧不饶："男子汉大豆腐，玩不起！什么出息！"气归气，第二天接着一块拍。

放了暑假，爸妈就把我送到姥姥家，和表妹一处吃一处玩一处睡，很是乐呵。唯不能习惯的是每天长长的午觉，姥姥规定午饭后到4点钟为午睡时间，我在家时没这个习惯，根本睡不着。我跟他们一起上床，窥着她们都睡熟了，我便偷偷爬起，潜到姥爷的房间去。姥爷书架上有版画插图的《王西厢》和《关汉卿戏剧集》以及许多旧得发黄但好看的书。窗下摆着一个雕着花但已看不清图案的画桌，上面铺的麻毡已色渍斑驳，边上挂着各式毛笔，码着颜料盒、墨锭子，调色盘也总是不洗，水盂里盛着黢黑的"千年老汤"，边沿伸出一个纤细的的如意铜勺，捏上去冰凉的。姥姥家在三

楼，窗口正对着一个大杂院的水龙头，洗菜的、冲脚的、接水的来来往往，水流声里间或飘着些闲话，并不安静，但在这样的声线里，却比纯粹的寂静更令人心定神安。我趴在画桌上胡涂乱画、翻翻闲书，一下午倏地就过去了。

难得有次暑假里被长辈带到农村老家，大人们串门聊天，我跟着小孩们一起到荷塘里混了大半天，那可算作夏天稀有的快活。肆意拔些荷叶，擎着当伞打或扣着当帽子戴，生吃嫩莲子到饱，和村上的孩子们一块轮流嵌着名字唱他们的歌谣：

"谁谁崴人家芭谷杆，让人拉住打×脸。"

回城的时候，亲戚赶着骡车装着一大堆新鲜瓜菜送我们到车站，我扛着荷叶莲蓬，歌谣也惯性般地唱一路，惹得我妈气恼无比。

童年关于夏天的记忆多是美好的，正如李昂联句所言："人皆苦炎热，我爱夏日长。"时节自然而然地循环往复，常见人伤春悲秋哀冬，却只有"芳菲歇去何须恨，夏木阴阴正可人。"难得夏天总是这样热闹畅快不走心的。没了冰棍，也无处乘凉，不见了那些老人儿们，朴素而群居的时代淡出现实，存到记忆中，时序更替也几乎无感。不如买杯DQ，和着脑盘里那些曾经没心没肺的逍遥日子，在阳光下吃掉，仪式一般。立夏总算没有空过。

【人皆苦炎热，我爱夏日长】

城之河

从某种意义上说，水，正是生命之源。不论清浊，寒来暑往、阴晴圆缺、流年兴废都在她的倒影之中。

少年时代，我从西门里的菜坑岸住到含光门里的甜水井，直到工作仍混迹在小南门里的四府街。就这么一路往东挪着，始终和护城河一步之遥。

话说当年八水绕长安，我没赶上，我生出来的时候，八水都蒸发得差不多了。河流是城市的灵魂，我从小所见最多的"灵魂"就是护城河。

护城河年年清淤，年年浑浊。仿佛不浑浊就不叫护城河了。前几年大规模清过一次淤，着实清澈了一段时间，水上漂着小船，岸边可见三三两两偷偷钓鱼的大爷，站在桥上左右望去，竟给人水乡的错觉。不过没保持多久，墨绿浓稠依旧，毕竟是死水。然而西安人已经习惯了，就像习惯和接纳一个生病的亲人。

二十三岁的时候，我到圣彼得堡去上学，赫尔岑大学坐落在城市的心脏位置，涅瓦河边。我在马拉塔大街的一座老院落赁屋而居，每天需要半个小时走路上学，就算锻炼身体顺便浏览风光。彼得堡是个岛城，不长的一段行程，一路上却要过两条河。先从罗蒙诺索夫桥穿过梵坦卡河，然后上涅瓦大街，绕过喀山教堂广场，沿着格里波耶多夫运河走一小段就到校门了。不远处还有莫伊卡河，再往前走一点就到涅瓦河的主流，河对面便是瓦西里岛。涅瓦河水黑不见底，不是因为脏，是实在太幽深辽阔。

彼得堡人爱涅瓦河，有一次我忘记大写Нева的第一个字母，教文法的老太太黑着脸半天很不爽，觉得我这个外国人对他们母亲河大不敬。因为涅瓦河的样子，他们认为河流的水看起来就应当是黑色的，我曾在作文里写了"青山绿水"，老太太很不以为然，我再三解释我们家有的江河湖泊水确实是绿色的，她一边翻白眼一边像上了发条一样耸肩膀缩脖子。

我最喜欢每天下课后路过罗蒙诺索夫桥，几乎每天我走到这座桥上的时候，正好能看到落日，这时候向右望过去，一团火红彤彤地映在河面，远处犹太教堂的蓝屋顶闪烁着霞光。这般暮色和家门口的护城河是相似的，时常让我心里柔软一下。我朦胧知道这感觉叫作乡愁。

从小到大去过不少城市，济南、苏州、桂林城里的水都是可堪一记的。

十几岁到济南，跟着大人在城里游玩，几乎是步步见泉。七十二名泉，其中有不少还藏在人家院落里。李清照故居的"漱玉"，小小碧绿的一泓，映着柳丝云

影,正是"水光山色与人亲,说不尽,无穷好。"

仲秋天气,在苏州城里平江河上买舟而下,一路熏风和畅,合欢飘零,菱角鲜红,莲子肥白。一边满足着口腹之欲,一边跟船娘有一句没一句地搭讪,半懂不懂的吴侬软语,最是令人酥痒惬意。

四月桂林,站在船头,漂在漓江。见两岸无数山,才明白什么叫作万峰"笋"立,前路满目烟雨,身后水天相接了无痕迹,行舟如梭,破一江春碎……

世界上婀娜的水多的是,但对于我总是异乡。只有我的护城河,河水就在那里。河边城脚,熟悉的大爷大妈打着太极拳,摇着花扇子。自乐班唱得咿咿呀呀——"祖籍陕西韩城县,杏花村中有家园。"

从某种意义上说,水,正是生命之源。不论清浊,寒来暑往、阴晴圆缺、流年兴废,都在她的倒影之中。

有凤来仪

一些女人一生无论走过多少大路山川，经过多少爱恨情仇，也未曾把艰辛、怨怼、疲倦写在脸上一点点，到老依旧保持着姿态。

生完孩子俩月，我没有得产后抑郁症的迹象，我妈却几乎得了产后替人抑郁症，总担心我的体重下降不了，永远成为一个真胖子。除了每天坚持在我耳边念叨，还翻出我大学时的照片，夸赞我那时是多么窈窕又有气质，以激励我身材逆袭。

有一天我妈带来一张自己的照片：BOBO头，一袭牛仔长裙，白色平底软皮鞋，亭亭站着，笑不露齿。据说留此照时与现在的我同龄，当时我已经即将上完小学，而她依然看上去很年轻。照相那天她曾穿着这一身去给我开家长会，被我同桌的妈误认为是我姐。家长会其实是个复杂的道场，好在我妈形象不错，我成绩也说得过去，我们算是互相挣了脸面。

我妈说我的外曾祖母（关中人称作"太太"）过去经常给孙子辈开家长会，她老人家出席的条件是必须成绩好，考砸了的孩子的家长会是坚决不去的。"你们学得好给我长脸，我也要像模像样给你们长脸。"老太太穿着素净的阴丹士林对襟上衣，戴着银丝眼镜，雪白的短发一丝不乱地别在双耳后面，款款而行，不卑不亢，往第一排一坐，那叫个气场慑人。

提起太太，我脑子首先出现的画面总是她坐在无花果树下的藤椅里闭目养神，身上阳光斑驳，报纸搭在腿上，一旁矮几上的玻璃茶杯兀自冒着缕缕热气，半导体绵绵无尽地低声叙述着……

太太是我妈心里的女神，她算得上是旧时代的美人，还是女子玫瑰学校的学生，身上有着浓厚的民国女子气息。太太十七岁时做了三十五岁太爷的续弦，那些年随太爷游走在京津沪宁渝之间，见足世面，很是享了几年繁华。后来太太一度加入妇救会，宣传妇女解放，站在台上领着一众妇人们唱翻身解放歌。

"文革"期间破四旧，听着巷子里抄家的动静，太太真为自己及时贱价处理掉家里的古董、烧掉字画的先见之明而庆幸。结果抄家抄到隔壁就停了下来，小辈们少不了唏嘘埋怨，早知这样，把东西留下就好了。她却毫不惋惜，命中若无不必强求。

太太活到八十九岁，去世的时候我已经上中学，所以我也对她有很多记忆。我小时候放假了也时常在她屋里的大漆方桌上写会儿作业，吃她扣在白瓷盘子里的水晶饼和鸡蛋糕。她在一旁嘱咐我要站有站相，坐有坐相，吃有吃相。据说我妈她们姐妹几个小时候坐着一定要双腿并拢腰背挺直，姿势不对要遭到拧腿，吃饭细嚼慢咽，不能有声音，吃出"饿鬼相"也是要挨骂的。我八九岁时，姥姥家已经搬到楼房，太太和姥姥姥爷对门而居，她的屋里还是那几样老家具，但永远整洁有序。

每到过年，我们重孙辈去给她拜年，她穿戴整齐地正襟危坐在窗下象腿罗汉榻上接受我们的敬礼，礼毕发给每人压岁钱，末了总要问我们的期末成绩，谁第一？好！再多给两块钱——就是这么赏罚分明。太太有一次病得很厉害，舅舅来看她，她睁眼看见许久不见的舅舅，却首先问他现在担任什么职务？舅舅如实禀告。不想她还追问：还兼的什么？这事在她痊愈后被我们当作笑话来讲，但看得出她是多么希望自己的子孙们有出息。

有些女人，结了婚生了子，一不小心就会变成一个糙老娘们儿。而另外一些女人一生无论走过多少大路山川，经过多少爱恨情仇，也未曾把艰辛、怨怼、疲倦写在脸上一点点，到老依旧保持着姿态。我一直找不出一个合适的词汇形容这种状态，直到发现"有凤来仪"这个词，一个"仪"字一举道出了那个范儿。"仪"使人肃然起敬亦可奉为准则，自带一份傲然却又透出妥帖。"母仪天下""仪态万方""仪静体闲"……生活地有种仪式感，这感觉不是给人看的，即使自己一个人也不能"散黄儿"，对于女性，这就是做到了最基本的"慎独"吧。

我时常读一些"民国"女子传记，张爱玲、张充和皆为我所景仰，但那些光芒是遥远的，唯有太太，她虽没有著书立说，那点微光却离我最近。她们有很多共同点，除了独立、丰富与自矜，最浅显易见的就是一辈子都保持好看。佛教讲的戒、定、慧，是通过自我节制得到内心的平静，从而获取恒久智慧的过程，她们的一生正是这样的轨迹。

发胖往往是堕向糙老娘们儿的第一步，即使满腹智慧，装在愚蠢的躯壳里，亦会大打折扣。我妈常说太太一辈子到老雍容典雅，我要是放纵自己变丑就是不肖子孙，以后也没脸给孩子开家长会。这个帽子太大，我真不敢戴。

◎老西安

【即使自己一个人也不能"散黄儿",对于女性,这就是做到了最基本的"慎独"吧】

桂月访旧记

与春风作别，抬头见秋月，年去岁来，风物更迭，顽童也将近中年，这桂花却还是一样。只要有东西是长久的，这世间，就还好。

还未入秋，小栀子便得了荨麻疹，迁延难愈，我只得每个周日下午带她到西大街同仁堂去看中医。诊脉之后等抓药的时间总是漫长，这次我想不如趁此出去逛逛吧，于是出了医馆的门往东走，不出几步就看到了贡院门的路牌，没记错的话，我童年常去的儿童公园应该就在这条路的尽头，几十年过去，不知公园还在不在。我抱着孩子沿街试探着往里走，渐渐路两边有卖气球和玩具的摊位出现——公园一定还在老地方。

当年每到星期天通常是我爸带我从菜坑岸沿骆驼巷穿西大街过来，当时觉得这条路很远，贡院门也比现在深长，可能是西大街拓宽后它变短了，也可能那时候腿短难敌心急。记得公园曾经有两扇灰绿色的铁皮大门，总是紧闭在水泥柱子中间，在售票处买票后，从右边的小门进入，直奔旋转木马。那时候的木马真是木头做的，每匹马样貌各不相同，如果要骑上长角的白马，必须在开场铃响时第一个冲进去才能抢到，后来长大一点，热衷于难度较高的在旋转中腾空换马，动作花样翻新，便一直乐此不疲。

小火车是铁皮的，每一节刷着不同颜色的漆，绕园一周，中间会经过人迹罕至的一段，两边只有高高的杂草，让人有种真正驶过田野的幻觉，直至有人踏着空中自行车从头顶的轨道上吱纽吱纽经过，才把我拉回现实。我是常客，却每次兴奋不减，恨不得把能玩的都玩一遍。一下午差不多尽兴，临走再到弹珠台试一把手气，无论如何总能赢个香橡皮、钥匙链、小胸针之类的玩意儿，出了大门再买5分钱搅糖，一路上两

根竹棍相互勾挑，把糖稀从透明的鲜红搅成不透明的粉红，行至家门口，把这坨糖送进嘴里吃掉，竹棍远远地丢出去，一个礼拜天就圆满了。

如今公园已无须购票，伸缩门恰恰留了行人出入的距离，一进门便被儿童园艺馆的建筑挡住去路，从旁边绕行入园内，四顾找不到当时记忆中的影子。曾经的旋转木马挪了位置，且变成塑胶材质，小火车早已不见踪影，空中自行车的轨道，锈迹斑斑地蜿蜒着。五颜六色的游乐设施都黯然静止，偶尔有人光临才会暂时开启。我无法喜欢现在孩子们玩具的样子，就连滑梯都是色彩鲜艳生硬的塑料组合，放在哪里都可以，到哪里也都一样，像是快餐店的纸制盘盏，便捷、可用、即抛、却不负责、不走心。记得当年的滑梯通常是水磨石的，两只大象，一大一小，能用一百年的样子，从大象鼻子上滑下来，冰凉而稳妥。

走到水池边，假山和亭子竟还是曾经的样子，甚至山洞里仍有一丝隐约的便溺气味。假山旁边的石马还在！这马我曾骑过多少次，还存留了一张作扬鞭状的照片。如今马背已经磨得光可鉴人，我抱小栀子骑上去，她也笑得和我过去一样开心。出了园门没有搅糖可买，风中却有扑鼻的桂花香，走到街口发现车窗和引擎盖上也有细碎的一层，金屑一般，忍不住仔细收集起来。着意寻求的那缕旧时气息在这时似乎浮出一点痕迹。

晚间回家，见老公带回一个罐头瓶，说是亲戚从陕北老家捎来的盐渍野小蒜，瓶里黑黑绿绿，仔细看是有米粒大的淡白色蒜头夹杂其中，打开确有一股蒜香。他说小蒜很难得，小时候和一帮孩子漫山遍野采集几天才能攒满一罐，小蒜腌好之日，去鸡窝里偷一个蛋，用泥巴裹了放在火里烧熟，蘸蒜汁吃，无上鲜美，就算被大人发现一顿追打也值得。说时他已然吃过晚饭，又专门让阿姨煮蛋，只为过瘾。他举着蘸好汁的鸡蛋，洋洋洒洒送到我面前，我尝了一口，只是咸，他却如嗜珍馐，说家乡的东西就是好。我故意讥笑他说："家乡这么好，你回去怎么还住酒店，不跟当年陪你睡过的跳蚤后代再睡一晚呢？"其实，我想到儿童公园门口的搅糖，如今自是一样无法愉快地咽下去了。这些都仿佛朱元璋梦寐以求做乞丐时喝过的翡翠白玉汤，它与其他菠菜豆腐羹永远的距离只是两味"调料"——当时酣畅的心境与匮乏中的渴望。

秋天真是短，秋气尚未笃定，又将被寒气送走。我把白天收集的桂花撒入政和红茶，沸水注下去，升腾出温热的甜香，暖口慰心。磨墨在麻纸上抄一遍刘龙洲那首《唐多令》，词中情景也正当这时节：

芦叶满汀洲，寒沙带浅流。二十年重过南楼。
柳下系船犹未稳，能几日，又中秋。

黄鹤断矶头，故人今在否？旧江山浑是新愁。
欲买桂花同载酒，终不似，少年游。

照片上小女孩骑石马的年纪距现在整整二十五载，比词中的二十年更久。与春风作别，抬头见秋月，年去岁来，风物更迭，顽童也将近中年，这桂花却还是一样。只要有东西是长久的，这世间，就还好。

◎ 老西安

【欲买桂花同载酒,终不似,少年游】

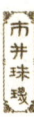

怀念一些喵星人

美协猫、美院猫、碑林猫、西大猫、广电猫、社会路猫……你们可好？

前几年，美协院子里猫多。我早上上班第一件事就是舀一碗猫粮，放到院子里固定的几个点上，不一会儿，自有猫来各领自己的那份。

猫和狗一样，是常见的伴侣动物，然二者性格大相径庭。狗认为人是自己的主人，而猫认为自己是人的主人。比如说对于人每天给它们吃饭这件事，狗会想："有人愿意每天供我白吃白喝，他是多么伟大啊！"猫却会想："有人每天愿意供我白吃白喝，那么，我是多么伟大啊！"即使每天给猫喂食，几年过去，猫们虽认识我这个"饭辙"，然而仍是不容近身的。想搂抱，几乎不可能，唯有心情好的时候用侧脸贴着我的小腿走几圈，我就受宠若惊了。一开始我自以为它们在感激示好，后来知识多些才明白，这样为的是把自己的气味蹭到我腿上，表示我这人归它，算是给我"盖个章"。

我也经常拿猫粮逗逗院子里的小狗，只消远远地在地上放置少许，狗们会从四面八方风一样跑来，你争我抢地各自吞食几粒，便开始严重五迷三道，不是打滚儿就是摇尾巴，绕膝转圈作揖又竞相往腿上爬，涌泉相报地让人不好意思，相形之下，画面气氛至少热烈了四十度。

单位院子里常驻的"美协猫"有大黄、二黄、灰咪、小白、黑妹等等，隔三岔五还有隔壁社会路上的三花和奶牛来串门。猫的地盘观念和等级制度是相当森严的。大黄的眼皮子上有一条刀疤,一看就是闯荡江湖多年了,十分霸道,不仅在猫群里绝对权威,有时饭放得晚点儿,它等久了,甚至敢于对我燥哄哄地拱脖子哈气。一堆儿猫粮,通常是大黄先独霸着吃够了其他猫才敢吃,三花和奶牛来时都只很有眼色地溜边吃点儿,看来它们俩十分明白自己是"社会路猫",是客。

老话说"猫是奸臣,喂不熟。"不过我看它们未必全是白眼狼。小时候我姥姥养的黑蛋就会经常把自己在外面抓来的老鼠最上好的部位放在厨房门外上交。我还听说有个女孩儿发烧了,躺在床上一天没吃饭,猫很着急,辛辛苦苦在墙缝里抓来一枚鲜活小强,嚼碎了,爬到枕头上嘴对嘴喂她,挣扎不吃还打脸。

猫和我们一样是这城市的居民,它们慵懒而无所谓地往来于街头巷尾,大多数人和我一样,遇见了,可以请它们吃点什么,或许也会停下车让它们先过马路,很多小区里也越发常见为它们放置的饭盘水碗,我们所喂的量,对它们来说也只能算"低保",各位还保留了些许觅食的能力和动力。

人们越是友善的地方,猫们便渐渐不那么容易被惊跑,神情日益安泰,个别奇葩甚至敢于横在花园里的甬道中间不让路,任人跨越而过。我所知道的像"美协猫"这样的团伙,还有檬檬姐日常罩着的"美院猫"和莫江南及她的同事们供养的"广电猫"。晴天的微博和朋友圈里,各大地盘的猫爷们在房顶廊下院后庭前各自踱步、闲眠、发呆、晒暖暖,气象祥和一片,用古代文人的词藻来形容,便俨然是一幅幅天成的《狸奴负暄图》。观之,蓦地里会令人淡忘烦扰,倍觉岁月静好。

所谓和谐文明社会的两项重要标准,一曰陌生人之间的关系,二即人和动物间的关系。这么说,不善待动物其实是拖了社会进步的后腿,怕是会早早被淘汰掉。更有虐猫狗者,常被网民口诛笔伐,以丧德斥之,我总觉这些人其实也是兽性未脱,自视为猛兽，欺凌弱小以获得一份决胜于丛林的低级快感；或是自己从未被温柔对待，借践蹋比他小的个体以报仇发泄。每个可憎之人心底角落里总有个可怜之处，社会得把这些人一块拯救了才算得上开始和谐了。

　　不知道为什么，这些年光临美协院子的猫越来越少了，好久也没有"美院猫"的消息，自从"广电猫"的霸主"鳌拜"仙逝了以后，它的微博头像就成了黑白，并且不再更新。不知道猫们都去了哪里，难道是回喵星了？但愿它们安好。这个雨天，我有点想念它们。

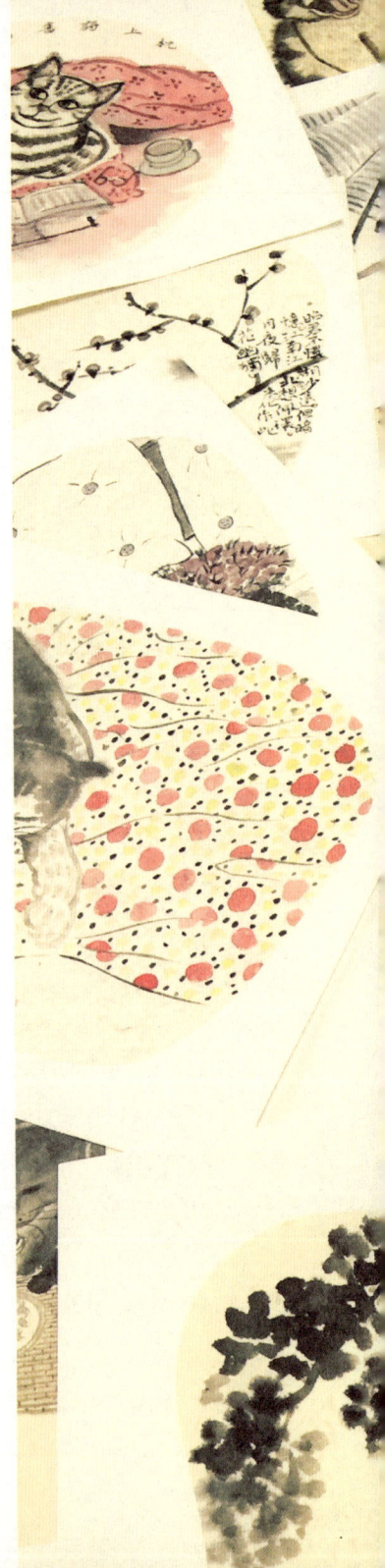

旧物里的隐形世界

世间所有的甘冽都存在于四维世界缝隙中的一个隐藏维度，匆忙者找不到，功利者看不真，粗鄙者尝不出。

前些日子午间聚会的时候，友人萍姐给大家讲了个笑话：保洁阿姨来打扫房子，在她家没有发现电视机，看到客厅里本该挂电视的墙面上做了很多小木格，放着她四处收集来的玩意儿：盛土酒的小青花壶、玲珑的太湖石、漆画的木匣子、印第安人的铃铛……阿姨忍不住问她："为啥用杂物把电视墙给占了？"饱含美好记忆片段的小爱物被称作"杂物"令她有些哭笑不得，她只解释说自己和家人都没有看电视的习惯。阿姨不禁愕然惊叹道："你们家这精神生活可咋解决啊！"那日席间在座者，多以写字、画画、作文为业，均属"精神工作者"范畴，各自大部分时间都活在自己的精神世界，听见这样的段子无不前仰后合。

萍姐日常画唯美的没骨花鸟，自诊有"美好强迫癌"，家里处处是她淘来的物件和用心整的"景儿"。我案头现放着一块圆形青色页岩，便是我们同去陕南采风时她给我捡的，不起眼的巴掌大一块，擦去浮土，青碧中有点点金光闪烁，做壶承、香插皆宜。类似的物件我家也不少，我亦是爱惜。儿时的银锁、小槟榔，海滩上捡拾的海螺，搬家多次都没有丢弃。还有很多笔记本，虽然都没有用完，但里面布满时光的痕迹。

前年搬家收拾东西，遇见不少旧物，我想起电影《天使爱美丽》中的画面：爱美丽从墙缝里偶然发现装着柏都多童年记忆的铁盒，她跪下身子把盒子掏出来，小心翼翼打开……她形容当时的心情只有第一个进入图坦卡门墓室的人可以体会——我床底抽屉里小学时代的日记本上墨水拓印树叶的痕迹，也给我一种相似的感觉。

那时我有一个闺蜜S，和她一起玩耍，令我对小孩惯常热衷的跨大步、打沙包、跳皮筋等活动完全丧失了兴趣。我放学后经常去她家，印象中那屋子总是没人，我们可以尽情搞出一些精致的淘气。她家后院有颗柿子树，落叶的时候捡一片，用刷头拍打拍打即可刷掉厚厚的叶肉，留下的叶脉薄如蝉翼，布满"血管"，蘸点颜色，能够清晰地印在纸上，于是便有了笔记本里那些印迹。她父母卧室的大床还是祖辈传下来的，床架上的浮雕是"老鼠嫁女"的故事，我们用墨一刷，图案影影忽忽的拓在纸上，情节可以几乎连贯。床上鲜亮的缎子被单虽然有年头了，刺绣的金鱼仍然摸得到层层的鳞片，她拿剪刀认真地一个一个剪下来，我们用纸匣子装着，捧到护城河边上，放进水里看它们像真鱼一样漂走；门口的夹竹桃开了，她摘一朵红的，我摘一朵白的，放在冰块格子里冻成两个冰疙瘩，再静静等着看它们融化成什么样子；我们都用纯蓝的鸵鸟墨水写作业，她拧开钢笔，滴一滴墨水在盛着清水的玻璃杯里，我俩便出神地看着蓝色的云朵氤氲变化。有一天，她说发现一个好看的东西，于是去厨房取了个鸡蛋，打在搪瓷平盘里，过一会儿，鸡蛋风干了，她指着上面的褶皱说："你看，多美。"对于这些玩法，我从来都是饶有兴致地欣赏、参与，末了她总是比我更加入戏，有时出神甚至流泪。我一开始很诧异地问她，她说史湘云是不会了解林黛玉的。后来我习惯了，便不再相问。那时我还没有看过《红楼梦》的书，而她已经看了。

再见这些树叶的印迹，距离当时已经二十多年，回味起昔日的游戏，仍感到经年的清寂萧疏，虽然几年后因为她的搬家与转学，我们最终失联了，然而与她厮混的时光对我日后触摸生活的方式产生了深远的影响。人对于生活深处的感知力似乎是天生的，是长在脑子里的"一根筋"，多数小孩在"不开窍"的时候，更接近"无情众生"，一些触角的萌生使得"无情"跳到"有情"的范畴里，并对同类惺惺相惜。显赫如乾隆，那般爱文艺，却没有一首诗需要我们背诵，女文青穿越回清朝，最想见的恐怕还是纳兰容若。

　　人与人，三观稍合便能过到一块儿，但只有感受与兴趣相近才能玩到一块儿。老师曾教我们，看气息识画，亦能识人，一眼便知画者心中有没有另一个世界的存在，能不能引为同类。

　　心和心共鸣是有条件的，其差异犹如口味，比如有人喜欢喝红酒，尝一尝产地，品一品葡萄种类，猜一猜年份，享受微醺的感觉，而另一些人图的是一醉，"烧刀子""闷倒驴""手榴弹"般的烈酒总要一口喝下，容不得在口中盘桓。当然，滴酒不沾的人，也自有同好陪着一起喝冰峰、可乐、酸梅汤。也唯有同类相聚，才能喝到好处，一桌乌合之众，即使频频举杯也只能算作应酬。

　　读张宗子《西湖七月半》，达官贵人、名娃闺秀、名妓闲僧湖上赏月，他却在看赏月的人：声光相乱，有名为看月而实不见月者、身在月下而实不看月者、亦看月而欲人看其看月者……俗人和附庸风雅的人们打着赏月的名号，实则没有一个真正看月亮的。趁这些人夜深散去后，有那么一小撮人，才在月下同坐，静默中方显得出明月平湖，清风莲渚。

　　世间所有的甘冽都存于四维世界缝隙中的一个隐藏维度，匆忙者找不到，功利者看不真，粗鄙者尝不出。它缓缓释放的讯号，总被满天乱飞的信息覆盖，离开喧闹，通往那个维度的"虫洞"才有浮现的可能。小王子说："只有用心去看，才看得真切，重要的事，肉眼是看不见的。"现实总是一样的残酷，一样的乏善可陈，在那个看不见的空间，总可以找到点不一样的安慰。

　　鲍勃·迪伦有句话："有些人能感受雨，而其他人只是被淋湿。"这句话在雨天时髦起来，即使没有打伞也不会比以往懊恼，毕竟，你需要伞的时候，网可能会装成伞的样子，来到你身边。

◎ 老西安

【现实总是一样的残酷，一样的乏善可陈，在那个看不见的空间，总可以找到点不一样的安慰】

又见从前慢

真正的静好就是根本不会去想是否静好，最好的心情便是感觉不到心情的存在。若无一事挂心头，便是人间好时节。

我妈家祖宅曾在东关孟家巷，后来地契上交、房子拆迁，20世纪80年代中期，姥姥家一度住进这里盖起的楼房。半个月前，街道办通知整个街区被纳入老宅改造计划，我陪同家中长辈去处理一些手续。

因家人搬迁离开多年，我很久没有来过这里。车子驶过伍道十字，在菜市场边上就开始闻到昔年的气味，小心穿过菜摊横斜的马路，疙疙瘩瘩开到小区门边，围墙和单元楼俱是只有门洞没有大门，永远敞开，走进去，里面是三十年前。

楼宇间的花坛早就不种什么树木，错综绚烂地晾满了衣服、床单，楼道的绿漆斑驳难辨，入户的防盗门是银漆剥落的铁栅栏，一拉门环，一手锈迹，进去是一个窄长的过道，当年暑热时节在这儿铺一块凉席，可容三四个人午睡，穿堂风一吹，凉飕飕。屋里陈设还是老样子，只是尘封甚厚，大方桌的桌面用食指一划一个槽，浮雕效果。这张桌子曾经每逢节假日就搬到屋中间，一大家子围坐饕餮，我的姨夫厨艺极高，他做的松鼠鱼、卤牛肉我现在想想还能生津。

房门上挂的竹帘子都是手工的，过去常见扛着木架走街串巷织帘子的，而我姥姥一般自己打，一来能省钱，二来闲着无事慢慢做的东西也细致。打帘子的时候姥姥把支架放在阳台门口，旁边的凳子上搁着小收音机和纸包的工字卷烟，借着天光，伴着武侠评书的抑扬顿挫，两头缠着棉绳的木线轴一来一回前前后后把竹篾子整齐地编到一起。只有我小姨的闺房门上不挂这种帘子，当时流行给曲别针拦腰裹上各种贴画儿，再头尾相勾连成长串，用图钉一串串钉在门框上，就是一个五颜六色的珠帘，这帘子曾经常被我无故用手拨拉得沙沙作响，如今它已褪色，且因长期束着缩成一堆，只能小心地侧身闪进门去。

姥爷住的里屋书架上还有几本墨落的书，记得当年新书买回来，姥爷总要先裁一块牛皮纸，仔细包上书皮，磨一点墨，用《孙秋生造像记》的笔体，一板一眼地地题上书名，扉页记录购书时间地点，并盖上藏书章。我在一旁捡到了磨掉多半的"千秋光"墨锭，揣回来打算继续用，当然要比新的好。

曾经觉得很高的水泥阳台围栏，其实也不过齐胸，昔年站在这里总能闻到附近制药厂随风飘来的清苦味儿，水泥台上放了一排瓦盆，种着太阳花和日常吃的辣椒。太阳花开起来十分耀眼，一盆极艳的五颜六色，大人说这种花好养，所以受人欢迎，外号"死不了"。阳台东面搭着的两块木板上原是一个鸡窝，住在楼房里养鸡，对于没见过的人来说，是一种很难想象的体验，而我确实没少吃它们下的蛋。更有趣的是这些鸡归猫掌管，它们有时喳喳躁动或互相冲突的时候，猫跳上鸡笼凶巴巴地哈一口气，即刻平息。

我们本打算收拾一下，终于因为无从下手决定放弃，但姥姥嘱咐我们帮她拿回旧时的嫁衣，我们在立柜里找到了那个包袱。红缎子的长棉袍，前襟满满地绣着五彩凤凰，棉袍里夹着一双布袜，细密的双色金钱纹绣在袜底，精致得令人动容，据说当年姥姥娘家请绣工到家里住了半年才制出婚事所需衣物。细看发现棉袍开衩处被剪开一小段，隐隐露出棉絮，据说姥姥曾动念将它改为婴儿包被，幸好一剪即悔。

打帘子、包书皮、订本子、请裁缝、织毛衣、做鞋……诸如此类的手工活在我们的世界里逐渐淡去。小学时代穿手织毛衣、手缝布鞋并不新鲜，有新的也有旧的，穿一段时间穿不上了，再转送给更小的孩子，物尽其用。后来手造的东西一度被淘汰，今天复又变得稀缺，且被引为"文艺范儿"。亲戚送给女儿一双花布鞋，千层底，还坠着铃铛，很稀罕地给她穿了，感觉是把"非遗"穿在脚上。

过去的物件，其制作过程的时间成本，加之制作者倾入的心力，使用者的满怀期待，所以人们对每件物品都更加郑重珍惜。相较之下，如今的丰富与便捷更加容易造成草率地拥有、过剩地囤积、轻易地丢弃。我因在市中心上班，商场近在咫尺，天天河边走，哪能不湿鞋？于是衣柜里时常充斥着可有可无的衣物，有些甚至没拆标签就被遗忘了，却永远觉得少一件衣服。说起来，很多人都能产生共鸣，但是我们始终都不肯承认，穿什么都不满意，其实大多是人本身的问题。

在《知中》放送的视频上看到法国摄影师Thomas Blanchard拍摄的两分钟人文短片《中国的片段》。黑白画面，镜头里的人和景物都恬淡冲和，悠悠江河、熙熙市井、摇曳的树影、玩耍的孩子……碑林门前的拓片摊一闪而过，那摊主正是我每次路过都遇见的老太太，一直坐在摊位旁边的板凳上，岁岁年年。

真正的静好就是根本不会去想是否静好，最好的心情便是感觉不到心情的存在。没有供暖、没有冷气的旧楼房，今天早已无法入住，但曾经就是莫名感到安稳，不奢望舒适迅捷也没

有狂欢,若无一事挂心头,便是人间好时节。木心的诗里说:

从前的日色变得慢/车、马、邮件都慢/一生只够爱一个人。

从前的锁也好看/钥匙精美有样子/你锁了/人家就懂了。

友人时常笑我总是像金冬心一样热衷怀旧,应刻一方印,自号"小昔耶居士",我知道从前回不去,也不需要回去。锁上门,回到生活里。有些事,记得便好。

市井珠玑

我很怀念这种人际间的热络，不过，年去岁来的生活习惯又让我无法接受没有界限感的生活。是不是很矛盾？也许正是如此，回忆才更有价值。

西安人开车，按常识一般要绕开西北城角，因为这一片是回坊。里面道路狭窄，路况复杂，一不小心就要出状况。几年前曾因莲湖路堵车，想冒险拐进去，被友人阻拦，她说："宁走十步远，不走一步险，进去就'误入藕花深处'了"。我听取了她的劝告，此后几年不曾驶入这地界。直到今年年初，我偶然查询违章，发现竟然在北大街十字同一个点占用公交道数次，因为右转道与公交道重合，车流量大的时候，早变道一米都算违章！暗骂申诉自是无果，走大路的成本如此之高，被逼无奈我只好取道大莲花池，毕竟藕花深处没有摄像头。

莲花池的小路上，我忐忑地由北至南缓缓行驶，当然，也根本快不起来，车头几乎拥着行人，还要闪避路两边的早点摊。我知道不能按喇叭，按了无非自找白眼，并且根本没人给你让，只能耐住性子跟着，冷不丁还听谁咕哝一句"还把车开到这儿来了！"如此挪着挪着就看见了糊辣汤锅前的长队，降下车窗本想恳请队尾侧身让一点道，不承想被飘过来的蒸腾热气香得一懵。鬼使神差地将车骑上马路牙子，别进两树中间，下来加入队伍。"小碗带走，肉饼切开"八字，十秒，勾着两塑料袋快步走人。吃食挂在前座背面的提勾上，心里便没那么烦躁了，心想回坊真是个充满善意的好地方，以后天天走这条路，早饭都有了。

此后我几乎不再走大路，天天变着花样在坊上"过早"，除了周四。众所周知，

◎ 老西安

周四和周日西仓有"档子",回坊人流量比平时大好几倍,识时务者为俊杰,退避则个。天气好的周四,我中午也爱到西仓来,先吃一碗号称回民街黑暗料理的"卤汁凉粉",一定要麻酱蒜水多来,再加个变蛋,呼噜呼噜一碗,通透满足。

西仓是个不闭合的圈,东南西北四个巷,所谓"档子"就是路两边一个个相连的小摊,甚至路当中也摆起一行。鱼虫花鸟、笼架盆缸、古玩杂项、字画书刊、针头线脑、衣帽裙巾、油盐酱醋、锅碗瓢勺……五花八门,应有尽有。来趟西仓,有时候并不为了买什么,背着手进来,招猫逗狗,走走停停,东摹西揣,拈拈尝尝,转一圈出去,两手就提满了,收获之庞杂,物品之琐碎,简直不能算买,只能叫"捎"。捎比专程来买更有意思,逛西仓之乐趣精髓就在于此,因为这种不是必买的心态,特别有助于人充分享受砍价之乐,可要可不要的买主,总能在价格心理战的博弈中占上风。

西仓的"潜规则"就是:你说普通

话，摊主报价肯定高；说陕西话，会低一些；操坊上口音撇一句：

——"给壁儿（隔壁）住着尼，胡耍撒（啥）尼，好好社（说）个价！"于是，五十。

——"四十能拿不？"

——"不社了，拿七（去）拿七！下回可来。"

我的回坊语音听说能力得益于幼年大杂院的邻居和初中时代的同桌，不承想那时的耳濡目染让我在逛档子的时候如鱼得水。平日整齐有序的环境总让人端着，接上地气才会涣散下来，操着老西安闲人儿的口音恣意讨价还价何尝不是一种放松、一种放任，无关价码，输赢都嗨。

长期居住在新城区，时常会让人觉得，悬浮在另一个城市，与幼时的来处没有关联。笋立的高楼，整洁的街区，彬彬有礼的物业，素无往来的邻居，恍然是另一个空间。越是井井有条，越没有市井之趣。

市井生活的标准人际关系应该是我奶奶在市场买菜时候的样子，提一个菜篮子，往夏家十字的菜市走，一路上不停地有人明知故问地打招呼，"买菜去呀？""吃了么？"到了菜市，更是热火，除了往篮子里装菜，还要关心卖韭菜的"今天咋没带娃来？"打听卖莲菜的"跟老汉吵架和好了没？"问候卖豆腐的"腿还疼不，给你说的膏药咋样？"

那时候楼不高，路不宽，车不快，电话不通，每个人的圈子就那么屁股大一坨，抬眼都相熟，各人也都没有什么秘密。我很怀念这种人际间的热络，不过，年去岁来的生活习惯又让我无法接受没有界限感的生活。是不是很矛盾？也许正是如此，回忆才更有价值。于是，我每天晚上睡在新城区，白天活动在老城区，这是上天给我最好的安排。

今年大雪节气又没有雪,薛宝钗的冷香丸又得放鸽子了,可喜的是天天阳光煦暖。我去西门城根北马道儿童医院给女儿买咳嗽药,时逢药房午休,得知要等两个小时,记挂着手头的一堆事,难免心下生出焦躁。不过,来都来了,就在附近转悠吧。安定门里,正是我儿时活动的区域,穿过西大街,从进骆驼巷往东走,熟悉的气息扑面而来,面前菜坑岸小学和七十中学俱是我的母校,两校已经合二为一,中间架起虹桥。午间学生们穿着校服,在炸鸡店门前排起队,就像我们当年买涮牛肚那样。骆驼巷二号的五层小楼还在,这当年是此地最雄伟的建筑,楼下门洞已是黢黑,我试着往上数到曾经我同学家的阳台,不知是谁居住着,水泥栅栏间依然封着红砖,竟有暗绿的花叶从缝隙里探出头来。虽然物是人非,生活却仍在这里绵延不休。

时间还早,我也买了份炸鸡,坐在街口的长凳上。老街区的拥挤错落把阳光也分成很多份,琐屑地洒在背上,缓缓蔓延到各个末梢,滋生出些许多巴胺来。无端想起一句"盛世无饥馁,何须耕织忙?"当年初读红楼梦,觉得林黛玉这样性子的人写出如此假模假式的句子似乎不大妥当。再想,一来是元春省亲的场子,难免于堂前对皇家赞颂敷衍;二来深宅闺秀何尝见过什么饥馁呢。再说,人对于无关乎自己的痛楚,向来健忘,就如我此刻,暂时忘记了所谓"魔幻的2017"方方面面发生的一切一样。

在某个时段的某个层面,健忘与耳聋几乎都算得上美德。宝玉受笞之前碰上个老妈妈,让她"快去叫我的小厮!"偏偏那老仆妇听成了"有什么不了的事?"仔细回味,老婆子才是哲人。太阳出来,太阳落下,阳光底下,并无新事,又能有什么不了的事呢?

不由自主爱谈人生、谈哲学是病,所幸炸鸡好吃,天气晴和,老街安稳,可供穿越的故地这样近,度过这不得不闲着的两小时。心想买完药还是走回去,路过回坊,要捎两个柿子糊塌。

小神仙

小神仙

合适是种平静的愉悦，相对于狂欢，更加绵长。实际上只要忙而不苦就很好了，以度假心态活在工作日的都是小神仙。

一个周末的下午，我去环城公园找些画画的素材，不赶时间，便在长凳上坐下来，不远处石桌上几个老太太在玩花花牌。一会儿石板路上又走来一个老太太，到牌桌跟前，玩牌的都跟她热络地打招呼。她并不加入游戏，而是从布包里掏出一块绣花棉垫，铺在旁边石头上坐下，拿出泡了几颗枣的玻璃杯放在手边，又从口袋掏出一个小小的可以外放的MP3，按了开关又装进去，隔着衣袋隐隐飘出黄梅戏的唱腔，"民女名叫冯素珍，自幼许配李兆廷……"，是严凤英的《女驸马》，她或许是个南方人吧。老太太哼着旋律，把胸前挂着的花镜扶上鼻尖，不紧不慢地从包里拿出鞋垫一针针绣起来。我从她和牌桌上几个人有一搭没一搭的聊天里得知，她几乎天天在此做鞋垫，为的是拿到顺城巷的早市上去卖。生计本是艰辛的事，她这样一搞，倒像在创作似的。

今早我必须完成一项工作——给一厚沓资料上逐一盖章子。我向来排斥机械劳动，只想早点了事，草率之下废品良多，想到印刷数量并不富于多少，不禁一激灵。绣鞋垫的老太太飘过脑子，我一边觉醒，一边去泡茶，并打开手机上的一席演讲，听刘克襄娓娓道来他如何历经周折去寻找非转基因豆腐……再回来双手配合认真地盖章，发现沉稳和安静并没让速度减慢，相反，越是安心、郑重，越是高质高效。盖完码放整齐，坐下来舒展腰背，阳光透过锤目纹的公杯摇曳斑驳地把普洱纯熟的汤色撒在四周，喝一口，沁润肺腑。有句老话说：最香不过骨缝里的肉，同理，最舒服不过忙里偷的闲。

喝茶的时候忍不住捋了捋，面对不得不完成的任务，如何能不太苦逼地拿下？感觉有三点比较关键：专注事件，收起情绪，制造趣味。面对不想做的事情，大多数时候我们会本能地抱怨，然后一直在乌云笼罩中工作，完成后回首看看，任务不过如此，全程的坏情绪才是糟糕的关键。

工笔画里，我只喜欢陈老莲，他画里的高士，于园林中赏花、烹茶、闻香，为了享受得到位，往往不惜铺一个大摊子，满目器物皆精美，画中人玩乐时专心静享，亦能随时站起毫无留恋地离去。说到享乐，韩熙载的摊子似乎更大，歌舞升平，声色犬马，可惜壮志难酬的苦闷横在腔子里，玩的时候仍纠结着庙堂里的事，一脸愁容，不能尽high，所以说，心不在焉地玩耍还不如专注愉悦的劳动有趣。

逛古玩市场见一对小黄铜镇纸上刻着：有书真富贵，无事小神仙。颇觉属意，随即买下，每每玩味，越发觉得字字精妙。记得贾母对刘姥姥说自己"嚼得动的吃两口，睡一觉，闷了时和孙子孙女儿顽笑一回……不过是个老废物罢了。"这"老废

物"正是老神仙,但是除了贾母这样的人,谁又能完全无事、完全脱身呢?马致远的散曲里有句"枕上忧、马上愁、死后休。"够惊心了。别以为苟且着、跪舔着,妥协着或是烦躁着、暗骂着就会快些接近彼岸,殊不知那彼岸原不存在。过不好此时此刻的人,更是没有什么未来可堪期待的。

看见微信群里一位不熟识的朋友昵称叫作"天天我活适",不禁笑出声来,所谓"活适"乃陕西土话发音,即"合适"也。通常老陕刚咥完一老碗裤带面,端一搪瓷缸酽茶,往廊檐下躺椅上一展,喝口茶,会随着热气叹出一个长长的"活~适~"。舒服得让人嫉妒,打他的心都有。《过把瘾》里现放着例子,方岩就是忍无可忍了,暴跳着跟吸溜溜喝热茶的同事怒撕了一回。

合适是种平静的愉悦,相对于狂欢,更加绵长。狂欢的可持续性太差,还有风险,程咬金就是笑死的。实际上只要忙而不苦就很好了,以度假心态活在工作日的都是小神仙。把自己调试到合适的状态确实需要技术,做得好了更是对社会稳定最大的贡献。"向晚意不适,驱车登古原"自己看看夕阳也行,把坏情绪带给别人就不好了,其不道德程度不亚于往人身上泼屎。再看古来报复社会的、揭竿造反的,哪个是身心舒服的?适意的人群,自己可以安慰自己,滋生不了太多戾气,从而显得温良。

我结婚前,一个闺蜜每天下班后会找我一起吃饭聊天按摩,之后再回去充当贤妻给老公做饭。她老公印象中她的下班时间一直比实际晚两个小时。和我一起的时候,任何人打来电话,她都会说在工作或者在路上,挂掉电话,我说怎么感觉咱们搞得跟狗

◎ 小神仙

【过不好此时此刻的人，更是没有什么未来可堪期待的】

男女私会似的。她说："每天工作这么忙，回家还有家务，不偷空找点儿乐子，怎么可能满血复活？你这儿就是我的'小花枝巷'。"我说那你就瞒严实点儿，别让你家"王熙凤"过来给我端了。随着我的结婚和搬家，"小花枝巷"人去楼空了，她如今抽空种花写字，偶尔饕餮，依旧忙碌，也依旧保持云淡风轻。自我安慰的心法跟游泳和驾驶一样，一旦开悟，不会忘记，还能举一反三。获取这技能，有百利，无一害。

市井珠玑

花鸟一床书

字里行间是通往未知天地和精神世界的甬道。书堆在那里,时常抽取而读,日久将有层层珠玑铺在心底,光亮一照,相应的那颗便会发光。

我从小不爱看书。别人家的孩子怀抱着《十万个为什么》能说出各种物理名词,张口闭口太空宇宙的时候,我还是热衷于跟一党不太上进的小伙伴纱巾蒙面摸爬滚打。其实我家的书比谁家都多,我爸买书的速度比看书快百倍,加之祖上存货,四壁书橱还不够,过段时间就有木匠在院子里新做书柜,等不得上油漆又都摆满了。

待得长大一些,我常站在书柜前浏览书目给书"相面",久之也渐渐搞清楚自己喜欢哪一路货,虽然我妈有意把一些知识的、励志的读本放在显眼的位置,比如《写给女孩子》《学习的革命》,然而我始终没有光顾,只是枕头下压着姜白石,被窝里塞着张爱玲,以及两手搂着各版《红楼梦》。初中时老师让每人准备个摘抄本,我便把唐诗宋词元曲长年抄了下去,小时候用钢笔,长大用毛笔,日久天长自然而然就充分吸收了。

每个人读书的口味不同,方式也不同,比如我爸看书是"啃读",仔细品咂,历时弥久,撕小纸头做若干标记,书侧面夹得横看成岭侧成峰,看完等于嚼碎了消化了,还写书评,书本身便成了"药渣"。我妈看书是则"点读",草草翻过,浅尝辄止,有用的观点词句轻轻记下便可借题发挥,演绎文章。下次可再读,仍如新遇。我从小喜"偷读",实为阅读氛围恶劣使然,课业繁重,只好上课时在桌斗里看,晚上在被窝里看,虽被老师没收不少,然不务正业之中所读更觉有滋有味记忆深刻,《牡丹亭》《玉簪记》《西厢记》王、董两版以及张爱玲的小说散文平生传记周遭公案都是那时所读，终生难忘。高考做模拟题时卷子下面压着《沉香屑·第一炉香》，读到薇龙姑妈那句："贱骨头脾气罢了，必得偷偷摸摸才有意思。"仿佛指着鼻子说我似的，不禁失笑。

工作后那几年，生活节奏变快，连偷读也不能了，及至美协工作，氛围所感，又有些零星空闲，才得重拾书卷。我想大多数成年人都是奔命中没有时间和心情闲读的，案头只有所谓的正经书。"书中自有黄金屋，书中自有颜如玉。"宋朝的皇帝确实是营销人才，为科举取士打造了兼利诱和色诱于一体的内涵广告语传世。只为着金屋美女，阅读本身倒无足轻重了。殊不知"读书随处净土，闭门即是深山。"仔细体会，这心境其实容易得来，更是可即刻受惠的呢。

字里行间是通往未知天地和精神世界的甬道。书堆在那里，时常抽取而读，日久将有层层珠玑铺在心底，光亮一照，相应的那颗便会发光。我与女友去丽江，向晚徜徉在古城幽深的小道，见檐下藤萝如瀑，月照鸟影，她突然感动起来，发信息给男人："叹杏梁，双燕如客，人何在？"回曰："人在家。没交电费，停电了，擦。"

她顿觉煞风景而沮丧。我安慰她："其实他的情境正是'一帘淡月,仿佛照颜色。'也算对景。"的确,心底没有这层东西垫底儿的人,对有些感受是绝缘的,也算缺失人生一乐。如此实例,不胜枚举。

前段时间看南京画院《金陵风骨》展,有徐乐乐女士的一幅《群盲图》,所画盲人乞丐十来人,执杖举钵,打做一团,左下角有闲章一枚,曰:不读书。画中情景岂非当代人日常生活状态之病?闲章便是诊断书。民国时的《开明国语课本》里面有篇课文,丰一吟女士在新版前言中专门提及:"爸爸在园里种菜。弟弟问:'为什么不种花?'爸爸说:'先种菜,后种花。'"仅二十来字,包含了怎样自然又深远的人生道理。生存与审美,物质和精神,从来不是个你死我活的问题,有先有后,不可偏废。下午当当网快递又到了一单,分别是《宣和画谱》《苦瓜和尚画语录》《柳如是别传》《昆曲日记》《近世古琴逸话》。严格论之,头两本是"菜",后三本是"花",营养还算均衡。

人生待足何时足,未老得闲始是闲。捧着闲书,在自己的精神世界里待一会儿,也是种满足。《王鼎钧散文》封面写着一段话:

"什么是享受?一杯新茶,一碟瓜子,一本好书;但倘若书好,可以免去一道瓜子;再好,可以免去茶,一本书足矣。"

睡前阅读亦是个不错的习惯,灯下选书好比皇帝挑后妃,佳丽三千,时常陪睡的也不过那么几个人。选毕发朋友圈说:"夜读择书如翻牌子。"引得友人偷笑一片,讥我又失心疯了。回说:寡人有疾,众卿一笑。闲读去也。

◎小神仙

【人生待足何时足，未老得闲始是闲】

市井珠玑

玩物丧志 善莫大焉

上苍保佑吃饱了饭的人民,让我们不必那么成功,但别那么无趣。

前些日子周末早上起猛了,去南二环古玩市场早市上逛了一趟,此地玩意儿多,古董玉器杂货旧书应有尽有。我淘得一对粉彩小碗,说是民国的,推测必假,价钱在那搁着,我也并不指望捡漏儿,不过拿回来泡朱砂赭石倒很雅致实用,立马就把旧的研钵给撤了。我妈骂我爱攒东西,嘲笑我境界不高,不懂得草木竹石皆可为剑,成日价被器物所累,不知在这上头耽搁了多少工夫。

殊不知古人文房之中,有如桌椅柜橱、笔墨纸砚以至笔山、墨床、镇纸、砚滴……但凡有个赏鉴标准,都有玩头。说到底,主要也就玩在"审美"二字上,审美愉悦在日常生活中也只存于一念,我们现在大可不必抱着砚石睡觉来以身养砚,也不用揣玉揣到手酸,自古玩出名堂的大有人在,因"石癖"而来的狮子林,因"藏书癖"而来的天一阁,都是偌大的物证。当然这对于我们来说有点过,我们那点癖好,只不过在于满屋子自己花心思淘换来的玩意儿,不一定值钱,只为看着喜欢,在它们的陪伴下做起正事也觉得舒适泰然,所谓的正事也便不会特别显得像一桩苦差事。

古人比我们更知道自我调摄,顺心怡养,聪明人都深谙劳逸结合之道。明人高濂所著《遵生八笺》里说:

"心闲手懒,则观法帖,以其可作可止也。手心俱闲,则写字作诗文,以其可以兼济也。心手俱懒，则坐睡，以其不强役于神也。心不甚定，宜看诗及杂短故事，以其易于见意，不滞于久也。心闲无事，宜看长篇文字，或经注，或史传，或古人文集，此甚宜于风雨之际及寒夜也。"

瞧这学习方法，自然里透着妥帖。

然而从小我们受的教育是：如何使最大的力气，争取最大的成功。长大后，社会教我们的是：如何用最小的代价，换取最大的成功。无论如何，重点永远都在后面那两个闪闪发光的"成功"上面。要诀就是计算出走向成功的直线距离，然后抢先一个箭步扎过去，狼何其多，肉何其少，容不得一瞬磨叽。更没有时间在笔墨纸砚风花雪月上流连片刻，稍有懈怠，你还没反应过来，肉就被别的狼吃了，甚至消化了，还给大地更护花了。

记得高考时节，学校里板报上有"既然不死，就往死学"的标语，我们年级也偶有铁人边打点滴边来模拟考试，但比不上现在有些学校全班齐挂氨基酸瓶写作业，那才是真的蔚为壮观。我从小不爱务正业，好好学习状都是装的，且早登了艺术类考生

的方舟，所幸在这方面基本没受过什么罪。对于悬梁刺股的那路精英，我向来敬畏，却不想拥有那异人的本事。一心思成龙，安知鱼之乐呢。也许孩子们还可以边学数理化边穿插着参加兴趣班弹钢琴，拉小提琴，写字画画，不过琴棋书画的本意好像是为了静心怡性外加"攒闲"，结果学了一整，还是武装成特长生加了点分，本来额外的用处倒成了救命稻草。

《庄子·养生主》说："吾生也有涯，而知也无涯。"不知哪位大仙把它和"书山有路勤为径，学海无涯苦作舟"等同起来，这般断章取义，有多误人？要知道老人家后面一句可是"以有涯随无涯，殆已"。近乎自虐的那种治学精神是用来立碑的，我们且得活着，要碑做什么呢？以趣为径，以乐作舟，说出来倒像神话似的。

古人言，人生乐事有四十：高卧、静坐、尝酒、试茶、阅书、临帖、对画、诵经、咏歌、鼓琴、焚香、莳花、候月、听雨、望云、瞻星、负暄、赏雪、看鸟、观鱼、漱泉、濯足、倚竹、抚松、远眺、俯瞰、散步、荡舟、游山、玩水、访古、寻幽、消寒、避暑、随缘、忘愁、慰亲、习业、为善、布施。翻过压力的大山，各位的乐子还剩几项？

明朝有一个各种会玩的张岱说过："人无癖，不可与交，以其无深情也。"当然他不是指爱钱。试想，一个人直勾勾奔向终点，必定享不到周遭的安恬静逸，当然也看不见其他人和生灵的美好与需要，不曾感到被世界温柔对待过，又如何去温柔对待世界？水满则溢，志盛易摧，时不时开个小差丧一点志，舒一点压，未尝不好。既然生命路上所有的一切都无法拥有而只能经历，也许这一路的景致比终点更好玩。所幸还有一群有趣的朋友，大家在一起的时候可以弹琴喝茶看花扯闲谝，如果只是聊工作谈赚钱论学习，那不是欢会，是开会。其实哼歌走路也并不耽误行程，不知不觉也许走得更远，集体边走边唱，才换得来漫山遍野的内心柔软，那不就是您梦寐以求的和谐。上苍保佑吃饱了饭的人民，让我们不必那么成功，但别那么无趣。

○ 小神仙

【一心思成龙,安知鱼之乐呢】

闭门即是深山

《小窗幽记》中言"闭门即是深山",掌握了这项技术,即能任意开合寻幽之门,不与现世的秩序起冲突,出世入世也不过一步之遥了。

前年夏天,我至广州出差,老爹嘱咐我去余荫山房为他拍些编书用的楹联照片,因为当时全天繁忙,山房又远在番禺,并没有大块时间前往。返程的前一天下午,工作结束已4点多,我辗转到达山房门口,售票处已经关闭,只有一位大叔在门口值守,我向他说明来意,又表一番虔诚,他竟豁然放我进去。偌大的园子,空寂晴明,行走在亭台楼榭间,不禁有种恍惚感。拍完照片,我坐在深柳堂前廊下,身侧碧木森森,微风翦翦,树影婆娑,斜晖散金……真想一直在这坐下去。

之前升起同样心情的一次,是于微雨之中游沧浪亭,那时也是四下里幽谧无人,一池碧水微微荡漾,天光云影容与徘徊,坐在亭上,听风过竹间,一片清响,更如潮音。难禁妄想起自心头:倘或这园子归我,这辈子就居住在此,外面的纷扰成败又与我何干?

文人多有静癖。古人欲得静心,先入静地,盖因不能远遁,于是造园。叠山以彰智慧,挖池来盛清心。如今许多师长也争相效仿,纷纷结庐远市。我非孤僻人,却亦是好静,大抵从事创作研究的人俱是如此,毕竟很多问题不是扎在人堆里,搞搞人脉,混混圈子就能解决,多数时间须作"雨打梨花深闭门"之状。奈何拥有园子仍是梦想,说走就走暂时也不大可能,所幸还有一画室可栖。供石笔洗权当山水,走笔寄情纸上;玉炉沉水轻烟游逸,看作岭上白云。也落得个案头园冶,胸中云停。一个人在画室里一待一天，静到好处，曾填小词曰：

槐风过，鸣蜩如笛。
任蛛眠玉轸，霜冷棋局。
羡随园炊烟，调羹素手，
春葱秋芥及时雨。
酒醒偏茶醉，
浮生病，何须尽愈，
迁延是静癖。
年时旃檀，残香还几许？
拈菩提驰心意。
谢流光，未使心田成荒迹，
拂尘，见薰风桃李。

一人居时，此境常有，而婚后却殊为难得。吾夫性喜热闹，搬新居后，时常邀诸友在家连续饮宴，初时我尚能作陪，久之不免倦怠，更觉时间浪费不起。之后他们一众聚乐，我便独在画室做自己的事。又见不得人散后他情绪依旧鼎沸，话大声高，故而冷淡不愿搭理。如此几次，他抗议无果后竟然失联作蒸发状。正思忖他能遁去何所，偶然看见家里的大小花盆里都绑着一个倒置的水瓶，原来是预谋离家出走，却又怕花渴死！谁知装置制作不精，开孔过大，不到一天就已流尽。我拍照发

微信给他，附言："已干。"好在他非执拗之人，见状也便顺势回来了。人虽归，不免嘴硬遮脸："你既喜欢孤独，叫我回来岂不吵你？"

清静固然好，与孤独又是两码事。记得早年冬天，在美院加班监制单位的宣传片，最后一晚收尾，及至深夜两点才结束。夜壑阴阴，万籁俱寂，独自出来走在冷雨湿滑的路，回到小区，万家灯火全熄，并没有一窗亮着等我。一个人的家就像旅店，重点只是每晚回去睡一觉而已，开了门是黑漆漆的寂静，打开灯是明晃晃的萧条，几近凄楚，令人孤独之感顿生。心存孤独感，遗世独立的内涵即变作为世所遗。蒋勋有言："孤独没有什么不好，使孤独变得不好是因为你害怕孤独。"

无法选择的孤独，是会让人产生一丝恐惧，脱离孤独后，独处的清静与世俗的温暖似乎又难以平衡。在这日益巨大的城市，工作与交际的侵扰无法避免，居家琐事又不能抛躲，于是，双向切换成了一个技术活。《小窗幽记》中言"闭门即是深山"，掌握了这项技术，即能任意开合寻幽之门，不与现世的秩序起冲突，出世入世也不过一步之遥了。

比如今天，这个寻常的夜晚，我在三十楼临窗码字，只听到嗒嗒的键盘声，楼下点点路灯深远，头顶半轮明月更近。犹至唐人李文公赠惟言句中无人之境：

有时直上孤峰顶，月下披云啸一声。

此时此刻，家人俱在客厅，与我的清静一门之隔而已，如此格局，既成常态。只是此番未及吟啸，新烙柿子饼的香味自门缝隐约游入，挥之不去。我这厢只得收回冥思，开门入世尝鲜去。可笑我技术无差却定力欠佳，还需修炼，还需修炼。

市井珠玑

好闲人儿

所谓弯路与看似不相干的经验实非浪费，或许正是你庞大根系的组成部分，开花结果自在别处。

我上小学的时候，老师在一次班会课上统计全班同学的职业理想，我至今记得很清楚，想当科学家的黑压压一片，剩下的还有医生、工程师、教师各数人，问到画家，我举了手，只因那时周末在上美术兴趣班，便觉得应当如此。后来的多少年里，我早忘了这码事，做过小学老师、大学老师、平面设计、编辑、主编、插画师等等，一直坚持不务正业，绕场一周又渐渐挪到画画的路上来。

读作家张宗子的《书时光》，序言里有句话令人感触："工作始终和个人的宿命紧密相连，看似最偶然的事件中浸透了宿命的味道……有时候，你以为的归宿其实只是过渡；你以为的过渡其实就是归宿。"我属猴，天生没什么长性，又好尝试，认为做事不东张西望，不足以语人生。由我说出宿命二字，显得矫情，但至少说明宇宙是全息的，一定储存着经年累月的反射信息，频率对的时候就能再次释放出来。

我还没出生的时候我妈就动用念力在小本儿上给我写信了，让我长大以后务必争气。可能还是基因的问题，我上初中就开始偏科，文科发挥好了能考第一，理科长年累月都是垫底儿。语文课上刚被状元游街似地表彰过还没嘚瑟完呢，下一堂数学课就被罚站示众了。正是如此，好学生坏学生的滋味都尝过，深知贫达时速，荣辱是空，尤其不会为了一顿批评或一句赞扬去卖力气。

后来读胡兰成的《今生今世》，他写母亲教他洗白菜，带他上山采茶，"我这样做事时，母亲待我像小客人，见我错了她亦只是笑起来，但亦从来不夸奖，故我长大了能不因毁誉扰乱心思。"旧时农村妇女和当代知识女性的教育方法殊是不同，结果却不乏相似，巧了。

　　偏科孩子的日子都是一半海水一半火焰，想当年还有一个和我同病相怜的发小老张，我俩自从被归类为艺考生后，就被"请"出理科课堂，每天就剩那么几节文科课程，他还偷看闲书，被语文老师当场拿住，抽斗里捞出一本《紫砂壶赏玩》。老师恨得牙痒，当即诅咒之："不好好听讲，你以后就摆摊儿卖壶去吧！"不料他后来上到博士，先后学了考古和美术史。如今人在京城，著书立说了，却还记着仇。西楚霸王有言：富贵不还乡，如衣锦夜行。这厮出了书还卖到学校旁边的古籍书店，想着骂他的老师哪天能看见，争回一口气。一天他微信告诉我说与一著名书局签约了，我说："你好好高产，到时候我掏钱买书支持你。"他感动得直作揖。我又说："要是什么时候不小心卖壶了想着告诉我啊。"他回说："你丫现在是缺壶了，壶不好玩儿啊，稍微看上眼的就几万。""所以呀，你卖壶我好打劫啊，书值几个钱，白拿你的还落个不义气……"

　　老张字也写得不错，秉承家学，从小练了些二王的功底，小行楷不是一般秀气，如今书界流行的什么超越文本之玄妙，满世界皆是，拂也拂不去，看他照旧一板一眼抄诗录词，沉密神采，如对至尊，倒令人生出钦佩来。每每替他转发，频有美女看了直呼美得令人心口疼。我截图告之，冲着那些捧心的粉丝，老张写字更起劲儿了。

　　这边种树，那边乘凉的例子不胜枚举。论起古今不务正业集大成者，先有李后主后有宋徽宗。李煜人称"词圣"，为婉约词开了先河，被俘离宫后，写出多少凄美词章，"春花秋月何时了"流传至今，却是当日绝命之作。赵佶，精于丹青，妙体众形，兼备六法，创一体瘦金书，编一部《宣和画谱》，开一代院体之风，不管从哪方面论，俱是宗师。善于搞文艺的花花公子们确实不是好皇帝，过于关注审美的人，必定无法保定江山，诗人和画家当政的结局可以想见。然而青山不碍白云飞，政权的转手并不影响文艺的永恒，这二位弄出糟糕乱世葬送了自己，倾覆了家国，没承想却在文化史里闪耀了千年。

人的目标过于明确，难免无情。直勾勾一条道走到黑，容易一叶障目不见泰山，结果未必最佳。网上流传一道小学语文题目，用以下素材造一个复合句：1.老王瘫痪了；2.老王顽强地学习；3.老王学会了多门外语；4.老王学会了针灸。出题人期望的答案应当是："老王虽然瘫痪了，但还坚持顽强地学习，不仅学会了多门外语还学会了针灸。"偏偏有小孩写出："老王坚持顽强地学习，不仅学会了多门外语还学会了针灸，终于瘫痪了。"大人说这熊孩子说话多损，讨不讨厌。不过也不是没有可能，细想普世的逻辑与价值观也并不可靠。一番经历能够换来一种心胸，见识与格局是刻意不来的。李煜赵佶若在寻常人家从小头悬梁苦读格律、锥刺股研习笔

◎小神仙

墨，或不过修成诗蠹画匠，于悠悠天地间增减俱无伤矣。所谓弯路与看似不相干的经验实非浪费，或许正是你庞大根系的组成部分，开花结果自在别处。

如今我最享受的当属画画写字的时间，伏案能生欢喜，与当初理想没什么因果关系。对了，据说老张眼下在学术界混得不错，字也已值些银两，可他又盘算着开店卖古玩杂项，还有壶。

彼岸云深

你的彼岸或许是他人的此刻,他人的憧憬也可能恰是你的日常。

清明前后的朋友圈,内容大概可以分为几类:赏花的、采茶的、写生的,以及坐在家里遥看这些人的。今年连续被感冒拿住,故而爽了前三类约,成为第四类,然而不到园林也知春色如许。春天一来,很多病自然就好了,微风、阳光和花是最好的治愈剂,曾经年年踏春,都不想回城,恨不得顺便隐居了。

讲真的,研究生刚毕业那段时间,我没有出去工作,甚至一时兴起真的萌生过去农村栽花种菜的想法,后来当然没有成真,所以这还成了一个念想。

十来年前,我尚在彼得堡求学时的暑假,到同学玛莎家的乡间别墅去厮混过一阵子。据说彼得堡人几乎家家有这样的度假屋。她家的房子在夏宫附近,建筑虽是旧的,但屋里的俄式装修经年仍显得繁华富丽,设施倒很现代,用品一应俱全。屋外有绿树围绕,窗下是一面湖水,与几处邻家遥遥相望,并没有院墙相隔。不远的大路边上,就有小超市和摊贩,可以买到面粉、奶酪、水果、啤酒和肉食。我们一起烤鸡翅、煎肉饼、摊薄饼、做果酱,各自听音乐、看书、画速写……这段时光一度被我记忆成隐居的理想图景,那时我还没有想过,因为我是客人,才得以享受这单纯的快乐。

时隔多年,友人在南山脚下结庐伊始,曾与一众前去寄住两天。"山中何事?松

○ 小神仙

花酿酒，春水煎茶。"我们只管拈花惹草、负暄喝茶、吟诗画画……而主人似乎并不清静，一来电话繁忙不停，二来邻人拜访不断。我开玩笑说他是个"入世的隐者"，对曰："退一步进二则退。"哦，原来如此！渭水姜太公、南阳诸葛亮，当年若有手机，也不担心云深不知处了。

对于邻人，资深隐者彼得·梅尔深有感触，他在《普罗旺斯的一年》中写道："在乡间，邻居的意义远非城市可比……虽然最近的邻居也许离你也有几百公尺，但他们却是你生活的一部分；而你也是他们生活的一部分。"比如昨晚刚刚与邻翁"隔篱呼取尽余杯"，今早，翁可能会来敲门，托你帮他儿子在城里找个工作。

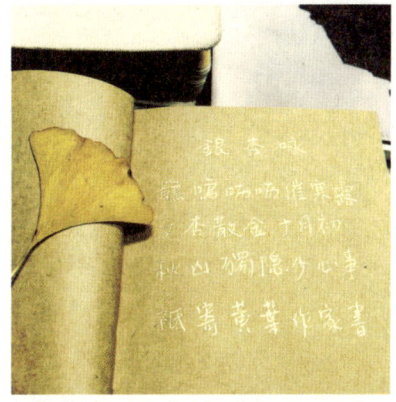

或许这些都算不得什么。直到今年夏天，师门去陕南山间写生数日，第三天我就不争气地发烧了。我们游学时每每必有轮流开小讲座的惯例，此次老师嘱我跟大家聊聊诗词。又两天过去，嗓子发炎仍难出声，我怕耽搁了老师所嘱，便到附近卫生院挂了门诊。一个戴眼镜的年轻大夫问了我的姓名，结果输入了三四遍，最终仍旧没有把我的名字敲对，他似乎有点窘，

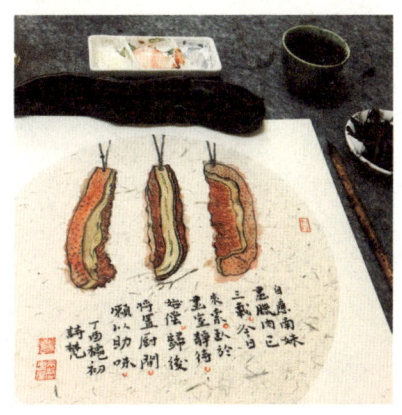

我也懒于再订正。他问症状，我一一描述，停顿片刻，他开始和我对话：

"你想咋治？"

"……？"

"你一般感冒发烧都吃啥药？我给你开。"

"……！"

"你打先锋不？"

"……！"

他的三个问题我都答不上来，只好站起来走了。出医院大门几十米，发现一家药店，心想干脆买点药吃吃吧。地毯式扫视了柜台货架，没有见到我平日熟知的任何药品，以及听说过的厂家。老板见我迟疑，走过来说："感冒而已，我给你配点药，三天包好。"他拿来一个托盘，里面码着几排没有标签的小药瓶，挑了几个打开，分别把一些片剂和粉末放在面前的三个小纸片上。我实在忍不住要问这些都是什么药，老汉不耐烦了嘟囔说"这个娃问题咋这么多？"我说我有些药过敏，他说："有啥过敏不过敏的，我一直这样配药，从来没吃死人。"

那三个纸包我自是没敢要，拿了一盒印刷有些重影的"双黄连"，在老汉的嘲讽声中走出门去，艳阳高照，我却还是脊背发凉。我这才是个感冒而已，这事，不能展开了想。

风景之于乡村，就像是汤上漂的那层亮晶晶的油花。然而水面风光鱼不知，游人和居民感受到的，全然两样。此后，我再没盘玩过未来久居乡野的念想。不过正因为实现不了，才称之为念想，能执行的倒成计划了。

"结庐在人境，而无车马喧"，离开嘈杂，同时也放弃了便利，况且陶渊明采菊东篱的时候，城乡差别，应该没有多少巨大。除非铁了心，当真把生涯分付药炉经卷,且绝不想着哪天出山再拿这段经历说事儿——彼得·梅尔住在普罗旺斯两年后重回伦敦,感到十分陌生:恍若隔世的房产价格、股市、公司琐事以及糟糕的天气、停滞的交通让他无时不想念着普罗旺斯晴朗开阔的天空,他深深明白自己再也不会回到城市居住——他这是玩真的。

把城市的房子连带它享有的便利一同搬到乡村,目前看来等同于白日梦,但是把来自乡村的物产、感受和记忆植入现实却非常容易。山林气与和烟火气不能兼得,好在偶尔可以切换。在陕南写生时,别人踏莎行听松风、坐幽谷画云林,我呢,钻大棚看香菇、进农家找腊肉,遍地寻摸些吃食,画了一本子,也拎了一兜子。

我真是个大俗人,喝茶解渴、琴书怡情、游冶遣兴,但都不能助我成仙。我没法在山坡上看着太阳的位置估摸时间,一会儿该去采药还是汲泉?每天身处闹市倒能听着西华门的钟声,想想中午该去吃泡馍还是小炒。如果日子以小时计,至于今日何日,反而显得不大重要——这与真隐者倒是殊途同归了。

一个好天气的午后,我饭罢从环城公园溜达回单位,见护城河码头人迹稀疏,一时兴起,买舟一游。换个角度,自下而上瞻望,永宁门更加宏伟泰然;河堤上的猫悠闲地出入树影;暂时忘记盘道上的车水马龙和近在咫尺的拥堵,恍惚觉得眼前景致正是水乡。对面驶归的船上,飘来一对男女带着些许鼻音的方言,他们说西安真好,不想回去了。看,你的彼岸或许是他人的此刻,他人的憧憬也可能恰是你的日常。有点意思吧。

山中何事，松荠酿酒，春水煎茶。

元人张可久曲意，丙申初春颢梵製

○ 小神仙

兴亡千古繁华梦，诗眼倦天涯。孔林乔木，吴宫蔓草，楚庙寒鸦。数间茅舍，藏书万卷，投老村家。

【山林气与和烟火气不能兼得，好在偶尔可以切换】

道在屎溺

古人如厕毛病素多。欧阳修有言:"余平生所作文章,多在三上,乃马上、枕上、厕上也。盖惟此尤可以属思尔。"我爸最推崇这句话,所以每如厕必挟书报甚至纸笔前往。

中国人向来忌讳把"屎尿屁"这样下三路上不了台面的字眼挂在嘴上,《西游记》里孙悟空将茅厕文雅巧妙地称为"五谷轮回之所",平时大家也惯用"方便""解手""出恭"这样的内涵词代而言之。然而人们一边隐晦着,又一边长年对排泄物情有独钟。《本草纲目》记载:"人尿……主治寒热头痛,温气。童男者尤良。"童子便溺不但入药,即使偶然沾染,亦被当做好彩头,《周公解梦》上更有"夜梦屎尿污身主得财,粪便满地主富贵"之说。

历史上有位重口味的伟人,他不仅善于卧薪尝胆,还能入吴宫为夫差诊病,尝其粪便。由此获吴王信任,被赦放归,最终得以翻身灭吴。他就是被人们尊为忍辱楷模的越王勾践。一小块苦胆,一小坨粪便,关乎丈夫生前身后名,平生来来回回只是委屈了这条舌头。

20世纪90年代,台湾出现了第一家厕所主题餐厅,内地很多城市也争相效仿。大家坐在马桶上,吃着的制作成排泄物样貌的食物,以其形神兼备来挑战底线,其中甜筒、咖喱饭,尤其传神,人见之无不浮想联翩。这餐馆如果纳入当代艺术范畴,其体验性、参与性比装置艺术鼻祖马塞尔·杜尚送进纽约独立艺术展的小便器——《泉》更高一筹。若勾践在世,当作何想?

○ 小神仙

　　古人如厕毛病素多。欧阳修有言："余平生所作文章，多在三上，乃马上、枕上、厕上也。盖惟此尤可以属思尔。"我爸最推崇这句话，所以每如厕必挟书报甚至纸笔前往。马桶上读写，耗时必久，家人内急催而不出，奶奶常骂之为"造井绳"，喻其绵长不绝。占着茅坑不拉屎也是要还的，我爸因此得了严重的痔疮。从厕所出来须在床上趴十多分钟才得走动，后来还动了手术。文人多痔，欧阳六一难脱干系。

　　有了厕上读书的家学渊源，一度我在卫生间安置过小书架，厕读还成了件正经事，长此以往，患便秘。无法，听人推荐买来一瓶开塞露，用了一次，感觉难以言表，甚为耻辱。从此把书架搬出，一心一意，才渐痊愈。

　　上学的时候，上厕所这件事都是个乐子。一节课四十五分钟，死活熬到课间，待老师前脚出门，便窜到讲台上振臂一呼："谁上厕所？"往往应者云集。大家拉帮结伙浩浩荡荡嘻嘻哈哈打打闹闹地往厕所进发，不为拉屎撒尿，权当一路上娱乐。当年我妈得知此举，深恶痛绝，忍着没拿大嘴巴抽我，只告诉我她自己学生时代是何等优雅，从不当人面进厕所，乃至不会提一个"尿"字。一来是她的祖母即我的外曾祖母时常用《列女传》里的故事教育她，比如某妇人在大庭广众之中放了一个屁，不堪羞赧，掩面跑走，回屋就悬梁自尽了；二是因为不想让人知道她这样美丽高傲且成绩优异的女神竟然还需要像凡人一样上厕所！我当然没有成功地被她说教成那样的"女儿家"。老子说：道法自然。庄子说：道在屎溺。拉屎撒尿是最自然重要不过的事情，何必讳莫如深？

　　"女神"如今上了年纪，深谙循道而行，对便溺之事更是深以为意。中医讲究大便粘腻有湿，小便短赤有火，这正是我们常人当今最爱犯的毛病。听说红豆薏米汤可除湿，麸子馒头能保大便正常，"女神"每日熬汤蒸麸不断，并勒令我们同食，凭良心讲，收效还算不错。

　　看过一科普贴,说成年人腹内大概平均每人有十五斤宿便。那段时间见大腹便便者总忍不住用想象力透视他。据说宋美龄女士生前每天坚持灌肠,所以终身体态轻盈,皮肤光洁。我亦试过,灌肠机器正是"美龄"牌,进出水管子都是透明的,冲出物质都可一览无余,此举不仅清理肠道,观之且能助人收敛口腹之欲,下定健康饮食的决心。偶尔为之无妨。

　　前几天一长辈无故尿血入院,见医生避开他只与家属交流,一时间觉得兹事体大,万念俱灰。几经折磨,终确诊为结石。然这一折腾,倒落得把人生想通了,从此好自将息。便溺之警,反成一福。

　　这话题,口味是略重了点,然而说到底,相由心生,病从口入,唯有进出得当,才能康健畅然。

◎ 小神仙

【相由心生,病从口入,唯有进出得当,才能康健畅然】

芳龄永继

与那种情绪一别多年,如今好像站在当时望不见的彼岸。折腾过的心,到老也是Q弹的,变成一种性格,化作体内的防腐剂。

大概所有小孩都不喜欢大人把自己当小孩看。小时候如果有人送我毛绒玩具,我都装作不喜欢,斜眼一瞥说:"这是小孩儿玩的。"院子里的孩子玩过家家的时候,人人都抢着当妈妈这个角色,因为假装大人是件过瘾的事。我妈下班回来常碰到我在院子里光脚踢踏着她的高跟鞋,外衣上套着她的胸罩,斜挎着她的小皮包,里面装着半包沙子或乱七八糟的玩意儿,正在居高临下表情严肃地训斥我的"孩子"。其实那时候假装的就是现在年龄的场景,三十多岁似乎就是成熟的标准。

搬家的时候,在书架的里层翻出一本落灰的同学录,里面有张我为闺蜜黑娃拍的照片。那是她十八岁生日前一天,我俩骑自行车去莲湖公园,专门给"年少的尾声"留影,两卷胶卷造完后,两人坐在池塘边的石头上一边抠着"美登高"冰淇淋往嘴里送一边伤春悲秋。她说:"咋办啊?明天就十八了,成年人了。"我说:"成年人多好,自由啊。"

比起紧张压抑的高中时代,大学生活实在丰富多彩。我和黑娃时常各自旷课相约逛街,那时候什么衣服都敢穿,也敢花十块钱染一头金咖,抹小店里买的口红,管他有害没害含不含铅呢。敢于旷课,敢于挂科,恋爱敢于投入,分手敢于伤心。后来看《动什么别动感情》,张涵予演的那个渣男评论陶虹演的女友"特禁得起伤害。"这是一句混账话,不过他所欣赏的气质就是陕西人所形容的"皮实",我们年轻的时候倒是都有。

整个大学时代耳机里放的都是崔健,走路坐车都听,上课的时候看似睁着一双无辜的眼睛认真听讲,其实耳机线已经从扶着头的袖子里穿过去了。晚上去校外的酒吧,歌手站在台上翻唱,我和同学站在台下跟唱,时常把自己感动出两行眼泪。弹琴不好好弹曲目,但能披头散发地把《雪地上撒野》的前奏模仿得乱真,晚上走在安静的林荫路,突然和着随身听飚出一句"给我点儿爱我的护士姐姐……"吓得两边情侣惊飞。真挺浑的,但一天到晚情绪饱满,精力充沛。

直到研究生最后一年,我二十七,导师隔一段时间会召集大家碰头汇报论文进度,之后常通出去小聚一下,午夜结束后如果没喝大就回去接着写论文做PPT,即使熬个通宵,第二天早上还能照样去学校代课,无需午休,下午再去杂志社上班,周而复始,毫无问题。然而每每只需凉水洗把脸就能复活的事,也终有触礁之日。有次熬到凌晨,翌日上午四节《中国纹样史》,说到龙生九子,讲过N次的内容,那九个复杂拗口的名字和样貌我一贯不会记漏、画错,讲过八个,就是想不起来还有一个驮碑的赑屃,站在讲台上一时痴了,越想越眩晕,心下隐约知道,年少的本钱就此开始亏

空，直到现在，一晚睡不好，几天人才缓得过来，黑眼圈还得挂好久。晨起洗脸发现眼霜见底，心里便会咯噔一下。

今天抄诗随机翻到孟浩然的《宴梅道士山房》，说他受邀去道士家赴宴，道士请他喝酒，他放出话说："童颜若可驻，何惜醉流霞。"意思就是：今天喝的要是返老还童的仙酒，我就豁出去往死里喝！看看，连男人都这么想永远年轻，何况女子？

在小南门早市上见过一个妇女买黄瓜，挑来挑去不满意，抱怨："这黄瓜怎么这么老呐？"卖菜小伙不乐意了，回了句："您都老了，还不许黄瓜老啊？"气得妇人几乎哆嗦。这样攻击女性确实过分，但能生这么大气，也说明被戳中了要害，没准一会儿就奔跑着嫩肤拉皮去。开美容医院的朋友每次见了我，都要一边上下打量并一边给出具体整治方案，结论就是除了胖只能先胖着以外，别的她立时三刻都能解决。我说等黄瓜蔫得不行了再刷绿漆吧，她说想好得早点预约，每天几十号人等着呢，队都不好插。

前几天的一个晚高峰，拥堵的路上，车上广播放出一首《假行僧》，熟悉的旋律无比顺耳，但歌词此时已经听不进去了，与那种情绪一别多年，如今好像站在当时望不见的彼岸。心口相问，确信再也没有什么可以伤到自个儿，低头看看盔甲，终于放心了。然而事实上，那些瞎胡闹的消失，也正好带走了青葱岁月。但好在折腾过的心，到老也是Q弹的，变成一种性格，化作体内的防腐剂。宋丹丹在她一条微博里说她愿保持活力，永远顶花带刺儿。这种状态好极了，不过仅靠刷绿漆难以获得，内里蔫吧的话，碧绿其外也很难显得自然。看她那势头，应该能行。

小时候装熟，上了年纪又忙着装嫩，没有比这更拧巴的了。眼看又一个十八年过去，今年黑娃正好三十六。那照片已经发黄，她在一团朦胧里笑容含蓄。我不怀好意地祝她三十七岁快乐，虚岁显得数字更大。她回过来一张照片，美颜过的，这次笑得

◎ 小神仙

无比通透。附言:"呸!老娘还小。"

下个月我也三十有五了。在这个少女时代无法想象不忍直视甚至可以忽略性别的高龄,我找人刻了一方闲章:"真我"代替以前常用的"看花老",少照镜子,多打鸡血,还能所向披靡。

共与燕雀庆丰年

插秧时节固须以退为进，收获时节又何必颗粒比较，退的那一步，留的那一些，舍的那一点，于他是慈悲，于己也是余地。

每天早上一起床，我会先往窗台上放一把小米，这是我家几代人的习惯。小米刚一撒，马上就有群鸟飞来争食，原来是早有放哨的潜伏在那里，专等我一开窗，就吆喝同伙前来风卷残云。来吃米的多是麻雀，后来还有几只斑鸠。斑鸠刚来的时候几乎霸占了所有食物，搞得麻雀没饭吃，以致在窗台上排队啾啾叫着"要饭"，但经过革命，两军渐渐形成了秩序。撒在窗台上的小米呈长条状，麻雀飞来"嗒嗒嗒嗒"雨点般的一阵狂啄之后整整齐齐剩下一半，就算斑鸠站岗的不在，也是如此，直到听见斑鸠们前来"梆当梆当"慢悠悠地享用，其间麻雀不会僭越半分。看来鸟也是讲自觉、讲仁义的。我出差的时候，嘱咐老公按时喂鸟，他拍着胸脯说："鸟的主人不在家，鸟的仆人还在嘛。"每每也能尽职。

我爹喂鸟的摊子比我大，且要用米面和水搅拌加工成膏状，于楼顶露台多处放置，每天也是席卷一空。我让我爹来我这住，他也是匆匆一两天就走，还惦记楼顶的鸟没饭吃。因为我妈赞成却并不躬行喂鸟之事，然而她不吃活的东西，鲜活鱼虾从不问津。我结婚的时候，酒店提供的菜单里有活鱼，我妈把厨师长约出来专门协商如何能不现杀。为保菜品质量，厨师长只能做到提前一天让海鲜市场杀好，但"我不杀伯仁，伯仁由我而死"，这些鱼仍是为婚宴捐躯的，无奈只能置一念佛机在厨房，聊以超度。

有人见此会问，你们全家信佛吧？其实我家里真正的信徒只有我妈，而我只知道些禅宗典故，能唱诵些经文，并不能坚持念经打坐。我是吃货，还爱吃肉，曾撰文说："君子好食而不杀生"，友人讥我是"老虎带念珠"。我纵然悟道不够彻底，但面对火锅店竹签子上蠕动的活虾和黄辣丁，仍会想起檀香刑而无法直视，更不能入口了。

《三字经》开篇就说："人之初，性本善。"而荀况却言："人之初，性本恶。"这个话题争执了多少年也没有结果。韩国电影《春夏秋冬又一春》里的小和尚给鱼、青蛙和蛇绑上石头，看着它们蹒跚跟跄哈哈大笑，当他的师父也为他绑上石头，他才能亲身体验到受害者之苦，后来鱼和蛇都死了，他嚎啕大哭。给小动物绑石头看起来真是一种恶行，但对于小和尚来说，他并非想杀生害命，只是出于好奇心、求知欲罢了。也许人一生下来伴随我们的不是善恶，而是欲，人一辈子都跟着欲望走，跟欲望战争，不时走向善或恶。

小时候我家养过一只小鸡，我经常喂它，后来奶奶把它杀了，我哭了一场，拒绝吃它的肉，然而第二天的午餐只有鸡汤下面，我很饿，最后还是吃了。我爱吃螃蟹，赏菊持螯一大乐也，曾在江南就着黄酒，一顿七八个不在话下，但如果要由我来把他们蒸死，还是算了吧，今年究竟没有食蟹。爱吃的人，难免要和口腹之欲做斗争。

很多人把这些斗争的动机归为信仰，但对大多数人来说信仰究竟太抽象了，行为其实有时候只是一种发心简单的习惯。比如我买了些猫粮放在单位门房，门房师傅也养成了听见猫叫就抓一把粮食撒出来的习惯；我老公虽然喂鸟，但每到过年会嘱咐老家杀羊，把肉拉回来分给朋友，在他的意识里，饲养的动物注定成为食物，并不觉不妥。喂鸟和杀羊都是习惯而已。

初中语文课学到《周处》一文,老师问大家有何感触,我发言说:"人生在世应有三境界:首先不能为害一方,而后独善其身,以至能普渡众生。"老师对我的感悟大加赞扬,但他给大家讲,大部分人不会为害一方,但是能做到独善其身这个程度就已经难能可贵了,更别提去渡人了。

今日偶读布袋和尚《插秧歌》曰:

手把青秧插满田,低头便见水中天。 心地清净方为道,退步原来是向前。

插秧时节固须以退为进,收获时节又何必颗粒比较,退的那一步,留的那一些,舍的那一点,于他是慈悲,于己也是余地。不能大慈大悲到以救助为业,却不难做到不伤性命,对需要帮助的人和其他生物方便地施与一点小小的福利聊果其腹,聊慰自心,举手之劳,何其容易。

◎小神仙

109

何以销烦暑

越有为，副作用似乎也更大，天气乃至整个气候也将会越来越糟糕。好多生活问题听起来就是像哲学问题。

一年盛夏，不知不觉，又入伏天。和同伴出门到一个无法停车的地方办事，阴差阳错坐了一辆出租车，烈日下大堵，偏巧空调不足，我俩被蒸焗了半个小时才得以下车，同伴说马上要去吃一大碗雪冰，我制止了。凭这些年在中医馆尝试各种减肥招数攒下的知识，暴热的时候马上吃冰会被激到，轻的心包积液，重的要出人命。目测不远处有家泡馍馆，我遂拉他同去"以毒攻毒"。泡馍馆是老店，恰恰也没空调，强忍着缭乱，一人一碗宽汤泡馍下肚，俱已汗如瀑下，对呼"通透"，最后缓缓喝着常温酸梅汤，出来站在太阳下，他说："咦？奇了，阳光竟是凉的。"看，不借助冰和电，要感到不热，也不是不可能。

在没有电的年代，夏天的凉爽算得上奢侈。为了消暑，穷人静坐不动或是摇摇扇子就好，最多喝碗绿豆汤。有钱人倒是绞尽脑汁，把法子想绝了。丫鬟仆人打扇实属普通，话说唐宋时期已经有了引水上屋顶，再使其从四面如雨倾泻而下的"凉殿"；乾隆皇帝还让人把扇子固定在水车上，曰"水上明瑟"；再比如在屋里挖地洞，曰"空调井"；甚至早在《周礼》就已经有了关于冰鉴（相当于最早的冰箱）的记载，但是老百姓是被禁止用冰的——"兵"当然是皇帝才能用的！如今我们生活的时代，即使再热，凉快也比历代任何皇帝来得容易，更没那么多禁忌。

幼年暑假，午后练字——那时都是在废报纸上写，站在书桌边上，身后开着风扇，过来的风却是热的，汗珠子滴在纸面上啪啪有声。家里刚买不久的冰箱就放在客厅一角，我经常趁大人不注意，悄悄过去拉开冷冻室的门，尽量把脸贴过去，一时间寒气扑面，过一会儿鸡皮疙瘩就开始从脖子往下蔓延，这感觉太微妙。写一篇字，总要来这么两三回，一旦被大人撞见，必得受到呵斥，因为那时候冰箱还是稀罕物，长时间开着门是要"烧电"的！待写完字，这下可以名正言顺地打开冰箱取出一个"冰狗"，咬一口，粉红色的冰皮裹着滑腻的奶油，顺着喉咙开出一条路来，那才叫"一线喉"。夏天家里的地上永远铺着凉席，一个"鱼跌飚"滚上去躺着，打开电视，暑期剧场不是《西游记》就是《红楼梦》，岁岁年年，每个暑假里最闲暇时光都是相似的。

卖西瓜的卡车傍晚从市场驶回路过我家门前，奶奶有时会让我爸去买些西瓜。当然，不是像现在这样一个一个或是半个半个的买，而是一次买十个或更多。卖西瓜的蹲在车上一个个搂到耳边"梆梆梆"地敲几下，递过来，我爸还要重新敲一遍验证。点好个数，卖瓜的就跳下来，用细长的瓜刀给其中一个开个三角口，拿下那一小块递到我们面前，表示确实又红又沙，绝不是"白瞪眼"。放心地付钱后，那个小三角通常被我吃掉。回去把一堆西瓜滚在厨房墙角，吃之前

先拿半桶凉水浸一浸。本来我们后院有口井，井水凉得刺骨，正好镇西瓜，后来井废弃了，就去门口接自来水，效果要逊色许多。

20世纪80年代，居民多住大杂院，一条街道往往只有一个公用水龙头，因为各家分摊水费，怕被外人浪费了去，平时总是上锁的。辖区内每家都有钥匙，需要接水的时候，才把锁子打开。我经常从墙上取下钥匙，用一个红塑料桶去提水，每次都要顺便洗把脸冲个脚并玩一阵子水，遇见和我一样来接水的小伙伴还能打一场水仗。好半天接不来水，奶奶等不及追出来，看见浑身湿透的我，一顿好骂，再把我和水桶一手一个地拽回去……搬进楼房以后，这样的水龙头很少见了，直到不久前我路过小南门里的琉璃街，还看见路边矮墙上有一排老式水管子，依旧个个上着锁，墙角青苔碧绿湿滑，不成想还未拆迁的老街区仍然沿袭着三十年前的传统。

许多老办法如今渐渐都淘汰了，科技越发达，我们在消夏解暑方面越有作为，但是越有为，副作用似乎更大，天气乃至整个气候也将会越来越糟糕。好多生活问题听起来就是像哲学问题。上月随团去汉阴写生，得知彼处有"抱瓮之乡"的别称。相传子贡过汉阴时见一老者抱瓮汲水浇地，一趟趟往返，煞是费力。子贡诧异，问他为何不用机械。老者曰："有机械必有机事，有机事必有机心。"机巧使人丧失简单纯朴，变得心神不定。子贡听后惭愧不已，自此"汉渚绝机"传为佳话。我和同行友人俱叹服汉阴老丈的人生哲学，一时映照反省起来。就好像燥热的时候，最不喜欢听别人劝出"心静自然凉"的格言，无事生事，生事再解决，不如不去生事。你若问白居易，他会告诉你："何以销烦暑，端居一院中。"答案虽然像一句废话，真心试试，许是奏效的。只不过是这城市里夏木阴阴的安静院落不可多得，闲坐的时间和心境更难凑齐而已。

正思忖着，手机一响，我一网红朋友说她要订一把扇子。每年夏天我都会画些扇子，图样无非瓜果花卉人物，总有审美疲劳的时候，我让她发想要的内容来。顷刻，屏幕显示五个字：还、是、空、调、好。我没忍住失声笑了出来……

市井珠玑

花花草草由人恋

一年之中唯春光有手段让人对时序的感情徒然变得浓郁起来。对身边风物的留意多一分，那些岿然不动的烦恼似乎就显得远一分。

　　惊蛰过后，万物生长，满院子的树木萌出嫩嫩的芽头，杏花、海棠密密匝匝贴枝盛放，玉兰花远远看去正如一树白鸽，最是一年春好处，也是一年一度的"偷香"季，朋友圈里时见有晒花枝插瓶的，看得人眼热。揣着贼心下楼去，有花树处总能瞥见摄像头，让人拿住如何是好？即使得手又如何放定脸皮堂皇穿过大厅？……结果还是没有折，恨恨地羞一句晒花枝的友人：天天撅社会主义枝子！

　　为了结此愿，周末专门到花市，看见盆栽的西府海棠，尺余高的一株，形态完整，像是缩小的树，斜逸在紫砂盆一侧，旁边还置了块嶙峋的白石。从这玩儿法上看，卖家也算是有心人了。随即买下，端回来放在窗边的高几上，托腮欣赏不足。

　　孩子他爹回来见花盆里土是裸露的，非说这得遮一遮才好。我说不如网上买些苔藓，他说不用，楼后花园有，挖点就行，拿了袋子和铲子，领着小朋友就出去了。片刻回来，手里拎的却是一袋子草皮，是的，草皮！——我就记得楼下没苔藓啊……他辩白说找不着苔藓，草皮绿绿的也差不多，好容易找了个偏僻处，刚开挖，小丫头就站在旁边一直谎报来人啦，于是胡乱铲了几下撤退。念他连日忙碌劳烦，难得有这雅兴，便由了他折腾。草皮铺上倒也碧绿盎然，只是那一大袋，剩的比用的还多许多，扔了不忍，送回去麻烦，只得又专门找了两个盆种了。我心想只见雅士供养菖蒲，没见谁专蓄青草的，不过这绿意嘛，倒是无差别。

○ 小神仙

纵使爱花之心切切，过了些天花还是渐渐稀疏了，许多都是整朵掉下来，我捡拾在手心，见其姿容犹是雅致，故舍不得扔掉，便夹进笔记本里，让她们变成书签，还暗想林黛玉当时怎么没想到这个招儿呢？动不动就刨坑埋了，到底还是不洁。假以时日，花朵红色的汁液渐渐渗入纸张，拓出一个完整的影子，留下薄如蝉翼的形骸，又是一种美不胜收。总之这时节的什么都是好的，一年之中唯春光有手段让人对时序的感情徒然变得浓郁起来。对身边风物的留意多一分，那些岿然不动的烦恼似乎就显得远一分。

最爱看《西游记》六十四回：师徒四人别了祭赛国，唐僧于荆棘岭上被藤精树怪摄至烟霞石屋。几个树精一面开口诗词闭口机锋，一面让唐僧受尽追捧享尽礼遇，如此使他渐次放松下来，忘记了害怕，暂将几个徒弟置之度外，开始观赏"水自石边流出"，品味"香自花里飘来"，又见"满座清虚雅致，全无半点尘埃"，便放开了与诸妖又是连句又是谈禅，情乐怀开，十分欢喜。及至来了个"雨润红姿娇且嫩"的杏仙，款款献茶，脉脉吟诗，更有一番微妙意趣，若非妖怪放出厥词来，撺掇二人苟合甚至要保媒逼婚，结结实实地触到了僧家底线，唐僧真真

还能多一晌清欢,这一回故事简直就是全程令人精神紧张的取经路上让他唯一舒压放怀的机会。

这几天一位朋友因故辞职,同时终于得偿所愿,有一段纯粹闲暇的时光在家专门侍花弄草。两周后她分享给我的体会是"意淫更能使人幸福",虽然现实没有任何改变,但阳台上的芬芳使得原本严峻的岁月看上去还有些许善意。

想起丰子恺公将人生喻为三层塔,大部分人在塔基,止于物质生活,二层的精神生活只属于部分人,能到塔尖进入灵魂生活的人愈发稀少。我倒觉得这划分方式放之当代未免过于绝对,尤其都市之中,每个人的脚都深深插进第一层的土壤,部分人能够抬起一只腿踩在第二层上,个子高的踮起脚尖,伸手或许能触到第三层。看得到二三层的风景的人,总会比埋头深陷一层的人好过些个。

妹妹前些日子受到了不公待遇,攒了一包苦水来找我吐槽,她一路边开车边控诉,行至市政府门前那段长长的减速带,车轮"克腾、克腾"地一阵阵抖起来,她忽然话锋一转问我:"现在这感觉像不像骑马?"我说:"太像了,咱俩权当走马观花。"向侧边一望,路边花坛里堆堆簇簇全是结香,我把车窗降了降,一阵浓稠的异香涌进来,两人抽着鼻子认真嗅了又嗅,她没再提那些槽点,好像什么也没有发生过一样。

生生死死随人愿

大家从来都是祝人生日快乐,从来没有人祝福死日快乐,能做到死时快乐需要何等的修行与境界,有几人能把所谓生前身后事看为浮云?

年里曾与朋友聊天,不知怎的聊到生死问题,正月里说这话题本不相宜,记得小时候年节不慎说出"死"字要被大人勒令对着红纸呸三口,虽然照做,心下却总以为说归说,何必当真,并不甚服气。而大人是认真的,尤逢有老人在场,更了不得。就算真有白事,也要用"往生极乐""驾鹤西游"这般字眼代替,哪有直接说出来那么二的。

哥们儿因为坚持丁克,每每过年回家在聚会中都要受尽例行教悔(注意不是诲),今年一位大爷又抱着新添孙子来与他夫妇百般炫耀,兼带激将,撑着追问他羡慕不羡慕。再三逼迫下,哥们儿咬牙半晌,忍无可忍撂出一句:"再过二十年你还没死我就真羡慕你。"毒舌一动,如裹千尺吐枣核般秒中对方命门,一时间四座石化,鸦雀无声。他多年的忍气吞声豁出去变得反守为攻,用全场的尴尬忌讳换了一个长久的无人敢惹。

从古至今,人人忌讳死,却也常见把死挂在嘴上的,"文死谏,武死战",以死明志的不在少数,再就是遇见搞不定的爱情,动辄就不活了。琴歌《湘江怨》有一句"梦魂飞不到,所欠唯一死"唱到此处,不由人心为之一酸;《凤求凰》里最后一句"何日见许兮,慰我彷徨,不得于飞兮,使我沦亡。"曲子止于这份痛不欲生,余音中留下无限怅怀。最著名的案例要数《牡丹亭》了,所谓"情不知所起,一往而深,生者可以死，死可以生。"杜丽娘为恋柳梦梅而死，后又为情复活，《寻梦》一折中有一段《江儿水》唱道：

"似这等花花草草由人恋，生生死死随人愿，便酸酸楚楚无人怨。待打并香魂一片，阴雨梅天，守的个梅根相见。"

据传明代一伶人唱到这段，情绪过度投入，在台上泪流不止，或也想必是将自己遭遇代入其中，未及唱完便倒地气绝，可见有多戳心了。恋人对情的执着大过生死，显得生死本身反而稀松平常了。

古人之所以对生死看淡，大抵是因为坚信轮回和精神不灭。贾宝玉犯痴时动辄念叨要去"化灰化烟"，他必是觉得到时能飘在空中看到这些姐姐妹妹为他洒泪；单雄信敢说"今生不能把仇解，二十年投胎某再来"，死到临头还能意气风发，全赖信仰支持，他但凡是个唯物主义战士，当时应是颓丧无比、万念全休的。

凡人大多苦时欲死而乐时贪生，真苦死的却只是少数想不开的，大部分人是不会或者不敢真去死的。为什么我们这么怕死呢？2008年地震的时候我想过这码事儿，房子一时间突然晃得很厉害，眼见窗外砖瓦纷落，那几秒钟我心说：我才二十几就这么死了吗？就算死也死干脆点，别死不了又活不旺就麻烦了……"死"只是个瞬间动词，没什么可怕的，最可怕的是"无明"，包括死不了将面对的苦和对死后未知境况的恐惧。

佛教所言证得罗汉果者即可变异生死，来去自如，好像死一次跟去郊游一趟无异。隐峰禅师觉得自己该离去时，在五台山金刚佛窟前示灭，他问众人，高僧大德们迁化时有坐有卧，甚至有站着的，大家是否见过。人曰见过。他又问倒立而化的见过吗？人皆答没有。他说："那好，今天就让你们见见。"于是他头朝下脚向上地化

去了。

我们做不到随意生死，但所谓生死是否也可以理解成心念的生与灭？不断面对问题不断解决的过程即是在不断证悟中升华而自在，有时候用死解决问题还不如转念一想来的强大，会了这招，在某种意义上比罗汉还要方便。

我的前同事几年前驾车遭遇重大车祸，几乎丧命，大难不死之后犹如重新投胎转世，一举丢掉一应不良嗜好，生出满目平和谦逊淡然，形象也从以前的爆炸头摇滚BASS手变为平头布衣食草小清新。如今的他感谢那次灾难，瞬间让自己翻新了。"其实不用死一次也可以改变，只要想得通。"这是他的经验之谈。

大家从来都是祝人生日快乐，从来没有人祝福死日快乐的，其实生与死皆可以当作新阶段的开始，或许生命以不同的方式存在而已，能做到死时快乐需要何等的修行与境界，有几人能把所谓生前身后事看为浮云？倒是恨不得把娑婆世界全陪葬了去的大有人在。再看金圣叹，因"摇动人心倡乱，殊于国法"之罪下了大狱后被问斩，不言冤屈，不言后事，全部的遗言只是一张小纸条：

"字付大儿看：盐菜与黄豆同食，大有胡桃滋味。"

人头落地的时候，耳朵里滚出两块纸球，上书："好""疼"。一代雅痞死到临头还不忘幽他一默。

老人们虽然忌讳别人说死，他们自己聚在一起却最爱说自己是"混天天"即"按天混日子"。话虽消极，细嚼不乏人生哲理。只当每天都是最后一天，宽心活好，随时死也无怨无憾。萧伯纳老人家说了："我希望世界在我去世时比我出生时更美好。"略高一筹。无敌好心态，能当鸡汤喝。

市井珠玑

画瓷 折桂 喫苦得甘

不断研习手艺是为把心里的感受更充分、更准确地表达并分享出来。纵然收获是欢喜的，然而在通往欢喜的路上，严肃终归无法绕行，便道是所谓"喫苦得甘"罢。

对于景德镇，我向往已久，这次终于和老师及国家画院的同窗在此汇合。秋冬之交的昌南，气候异样，我着棉衣落地，恨不能立即穿短袖，还没来得及换却又大雨滂沱、寒风萧瑟起来，当地人说，这是山间小气候，深以为常。王孟奇老师与师兄妹已于前一天抵达，我到瓷坊时，他们已在静静地画罐子。

他们去年都来过，轻车熟路，而我上次有事牵绊未能同来，此番画瓷于我还是初次。画室外满地瓷胚，大似卷筒、鱼缸、梅瓶，小到茶壶、茶杯、香插，不大不小如葫芦、笔斗、将军罐……应有尽有。师妹告诉我，中意的器型要尽快霸占，若被他人抢了先机，就要与其失之交臂。当时在此处画瓷的还有几位僧人，以及一位海上名家的团队，数十人一并分享，越显得资源紧俏，我连忙绕身囤积不少。

第一天先拿一个鸡心罐试笔，画了米颠拜石，又拿象腿瓶画佛像、抄寒山禅诗。两天摸索下来才领会釉中彩与釉下彩的分别正如生熟宣纸的属性之不同。然画家画瓷终是客串，不过把瓷胚当纸用而已，我们所在的画室隔壁，长期驻扎的一位江南女子，她才是专业的手艺人。我站在旁边看她画莲蓬杯，用分水毛笔涂底色，来回描画，总能将笔尖的水珠稳妥地滑到最后。还从她处得知，用茶水调釉、勾线时加一滴胶能使线条顺滑的诸多诀窍……渐渐领会一些技术，手头越发熟练起来，不多时就要叫工人来搬换腾挪。负责搬胚的大叔既聋且哑，只赖手势交流，加之大家各自专注于面前器物，整层楼时常清寂无声，偶有雨点敲击屋顶滴滴答答，反而更增静谧。这几天我说的话也比平时少很多，正好当作修习止语，专注于手的时候，脑子也接近放空状态，看来一切修行在适宜的环境中会变得容易一点。

画大瓶罐累人，穿插些小件权当休息。有一天架上新到了许多模仿紫砂器型的精致小壶，赶紧拿了几只。心里那点东西，一旦有了新的载体，便在嗓子眼打转。德钟上绘松枝，题李翱"月下披云"句；石瓢盖上描流云，壶身写我老师曾题画的"觅青云友，与时贤绝"；井栏上画湖石，书以"平淡天真"……炮制数把，师兄见了笑说我是"借瓷言志"。

茶器里我本偏好各种品茗杯，见这里的玉兰杯巧致趁手，便忍不住腹黑地把架上的四五十个全部端走。每个小杯上写一词牌名，以后茶席上分到什么杯就吟唱哪首词——谁的《蓦山溪》、谁的《青玉案》、谁的《小重山》……拿到《丑奴儿》的那谁，给大家跪着斟一回茶吧！想想就好玩啊。

友人知我来瓷都，不免嘱绘小件一二，

以作念想，看剑堂主锋兄亦来凑趣。他身型相貌颇有提辖风神，又常因之得意自诩。故我选一鼓形普洱杯，上绘罗汉坦腹斜卧，题曰"心宽体胖"。翌日开窑，见杯已烧出，热乎乎地从铁架上取下一看，诸般皆好，唯独一个"胖"字跑了釉，如雾里看花。心下稍怅，拍照发给堂主，他却大喜，回说："天道不忍将吾归入胖册。"我以为毕竟有憾，复为其制一墩状公道杯，上画一胖和尚拈花狞笑，情貌与其甚肖，再将"心宽体胖"四字郑重题好，隔日开窑，画字俱妥，恰与杯凑成一套赠他便是。可见所有器物，画完只成功了一小半，且不说釉色可能会在高温中融化、蒸发，盖因瓷质脆弱，从搬挪、喷釉、入窑、出窑，以至打磨、包装、运输，皆有碎裂的可能，又受窑温等因素影响，时有烧裂，所绘、所见终不一定尽是所得。这件事上，无常亦潜藏于每个环节中，有趣的是，风险同时也是惊喜。

瓷坊临近古窑厂后门，是日午餐后，天稍放晴，我们师姐妹三人打算移步一游。平时后门不供游客出入，可巧守门的正是我们吃饭餐厅老板的亲戚，打了个招呼便放我们进去。只见门内小道人迹罕至，青苔如茵，各色打碎的瓷片一簇簇嵌进泥土，路边的矮墙被藤蔓满满包裹起来，葫芦窑、馒头窑、龙窑……一路看过去，四处也无人值守，我和师妹还钻进窑腹，只见那窑壁的砖，经年烧炙，已晶莹如琉璃。窑边作坊里还有老艺人戴着花镜勾画碗盏，并不抬眼看人。我驻足静立观看，竟一时有种出离时间之外的恍惚。拾路越往深走却越广阔，两侧琳琅的瓷器店也多起来，直至看到立着雕塑的广场，原来这里对着正门。多亏我们没有从大路进来，如果首先看到这些恢宏的造景，定不会有刚才那般见闻感受了。

想起那天冒雨小逛陶瓷学院里的学生小店，其间不少物件多有巧思，价亦不高，反倒是"大师"们的展厅里，先贤伟人、千般时事，万里河山都被绘上重器，硕大扑面，价更压顶，令人实难驻足。不免又想起蒋勋的那句"追求宏大的题目会伤害人的真性情"，当然不是题目的错，似乎真的高士更擅借片叶、滴水、朵云、杯酒抒其胸臆，而我们见惯当下所谓时贤把颂歌唱得直白且拙劣，况当今艺坛乱象纷纭，萝卜和人

○ 小神仙

参都摆在一处，稍微老练些的工匠也常被冠以"大师"名号。艺术面貌同样逃不出"相由心生"的法则，目的太不纯粹，表现自是惹人生厌。好比越是老于世故的人，你越难透过他现在的面孔想象他儿时的容颜，从正面看一个人的台前风姿倒不如偶尔得见他的家常样貌来得生动。

我们返身退回，仍走来时小道出去。一路风拂桂树，搅起香甜缕缕，西安城的桂花早已谢了，想不到入了冬却又在这儿遇上花期。师妹悄悄采了一簇，捧在手心似金

市井珠玑

屑点点。我拉过她的手，说："让姐抽一口。"深吸一下，整个呼吸系统幸福良久，三人一路轮番"过瘾"直至回到瓷坊。师妹找来早上新出窑的自画竹影小壶泡了，众人分饮，无不称叹。想那白香山在大林寺遇晚春芳菲，只能一嗅，我们在古窑采初冬余甘，更能一饮，岂不比一代诗魔之乐更胜一筹。

当晚我师徒几人围坐茶聊，师兄复提起董其昌南宗北派之说，曰此论调为徐悲鸿当年所最痛恨，大家不免又从头细数，论了一回。文人与匠人，手艺与思想，艺术圈为这些矛盾打了多少年，莫衷一是。记得老师的乙未新作中有一幅题曰"老夫笔墨无南北"，言简而意深，有如画完一声断喝，令人不禁一激灵，而后思索、叹服。我想，之于我辈，不断研习手艺是为了把心里的感受更充分、更准确地表达并分享出来。收获是欢喜的，然而在通往欢喜的路上，严肃终归无法绕行，便道是所谓"喫苦得甘"罢。

丰子恺先生曾说世间最伟大又微妙的力量莫如"渐"，极微极缓的变迁往往令人以为静止，经年累月再回望，方感不同。万事都与烧瓷一样，火候不到成不了器，急不得的事，就慢慢来吧。话说老师此行所绘大件器皿廿四件，而我辈各自不同程度消耗了些闲游、聊天、出神、玩手机的时间，每人不过十数件。微信上一个流行的链接时常见人转发，题目就是《比你牛逼的人却比你还拼》，思之顿感赧颜。

人生不过是家居、出门、回家，在景德镇的一周过去，还是回到原来的轨迹。临走时还未烧成的物件不知出炉会是什么样子，尽过人事，剩下的留给运气。努力做过，又有未知可堪期待，欣然足矣。好像我不是在说瓷，跑到其他话题似的。就此打住。

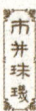

昆虫恩仇录

人和虫子都在一个世界过活，大自然自有法则，它不好，自有鸟儿管它，我又何必多事？各自安乐吧。

我干妈近来迷上画草虫，对着齐白石的范本临摹了不少，邀我去观赏。虫都临得很相似，但很多都没题款，因为叫不上名字的缘故。我们只得按图索骥，凑在IPAD上查资料。这时打扫房间的阿姨一路擦地过来，见我们盯着虫发愁，瞥了一眼，说："你们这些文化人，簸箕虫都不认识。"她过来把画翻了一遍，边翻边报虫名，我俩挠头的问题，两分钟就让她给解决了。叹服之余觉得自己的见识真是有限。

其实小时候家里房前屋后也有花有树，夏天中午听着知了入睡，晚上听着蛐蛐入睡，常见的虫子也有那么几种。但我对虫子向来有些恐惧，尤其是腿多的，背面看似光滑，一翻过来却黑乎乎的结构复杂，满肚子的腿一挠一挠的，让人鸡皮疙瘩掉一地。

月季丛里的蜂蝶多，偷着掐花的时候会被蜜蜂追，吓得赶紧跑回家关门闭窗。有时候甚至是马蜂，长长黑黑的，很反派的长相，在窗缝处徘徊，久久不去。

院门外的臭椿树干上总是爬动着密密麻麻小拇指甲盖那么大、或黑或红的"五角星"，小孩喜欢捉了放在一块儿看它们打架比输赢，多数时候是斗不起来的，两虫各自走去，不久后它们会变成灰翅红纹的"花媳妇"满树乱飞。

屋后槐树上的"吊死鬼"最是可怕不过，吐一根长长的丝挂在半空中，肥硕的艳

◎ 小神仙

绿色身体，风一吹，荡悠悠的，让人望而却步，如果运气不好掉在脖领子里，就只剩哭喊着跳脚了。徐夤《初夏戏题》写的正是这种槐树青虫：

长养薰风拂晓吹，渐开荷芰落蔷薇。
青虫也学庄周梦，化作南园蛱蝶飞。

每个初夏时节，有多少"吊死鬼"落在地下一弓一弓地往前挪着走，争相去化蝶。但只有部分幸存的可以羽化成功，倒霉的走不多远就被蚂蚁包围抬走变成美餐了。

无聊发呆的时候常常看墙角的蜘蛛织网，看它织得差不多了，在扫帚上抽根竹篾子一举捅破，恶作剧很过瘾，回想起来只觉手贱。工作后有一次去南方出差，晚上在酒店即将睡着，迷迷糊糊看见一个脸盆大的蜘蛛悬在床上空，像是春三十娘来了，我

惊叫着跳起来，连滚带爬躲到五米开外，仔细一看，原来是个指甲盖大的黑蜘蛛，屋顶的灯把它的影子放大了投射在蚊帐顶上——我这次算是遭到了蜘蛛的报复。

关于虫子的回忆几乎都是不大愉快的，不是他们吓我就是我害它们。小时候就爱给行进中的鼻涕虫撒一把盐，看它化成一泡脓水；粘了知了用线一绑，拉着跑起来当风筝放；把蚯蚓的尾巴钉在地上，逼它断尾求生；给蚁洞灌水，看蚂蚁四下逃窜……现在想想觉得挺混蛋，看来"人之初，性本恶"的说法也是不无道理的。

可能"作恶"太多，总凡见虫子近身都觉得脊背凉风四起，有些瘆人，更不能理解有人酷爱吃虫。汪曾祺《昆虫备忘录》里说天津人爱吃烙饼卷蚂蚱，一张大饼里卷满蝗虫肚子……这画面令人不敢想象。有一年夏天在山东，大街小巷有不少小摊子卖炸知了、炸蚂蚱、炸蚕蛹。几个同伴买来尝鲜，我不敢吃，在他们的再三劝说和诱导下，我挑了一串外观比较光滑、结构相对简单的蚕蛹，当我迟疑着送到嘴边，手一抬，竹签一转，谁知那蚕蛹背面是一张蛾子的脸！眉毛上扬，怒目瞪着我，惊惧中把心一横，咬下一个，闭着眼嚼了，不过是相当于炒鸡蛋味道，口感也松松垮垮，大大的不值。还有，我妈年轻的时候听信偏方吃蝎子，四只蝎子养在一个罐头瓶里，每天一只，现炸现吃，咬得嘎吱嘎吱响。她老人家现在也后悔自己过于残忍，时常给蝎子念经，见了苍蝇蚊子也是放走，并不击毙。

如今楼住得高，接不上地气，虫也少了。招猫逗狗拔花捉虫的童年已过，见虫子也不再那么一惊一乍的。前段日子看到阳台上原本小米粒般的蜘蛛已经长到黄豆大，也便任它在的墙角劳作着。水池下面遇见西瓜虫，我会卷一个长长的报纸筒托着送至窗外，让它旅行去。过去常听老人讲，什么是益虫什么是害虫，益虫要保护，害虫要打死。其实所谓益或害，只不过是人站在自己的角度上主观自私且目光短浅的判定罢了，虫并不知道自己的天性便宜了谁又妨碍了谁。人和虫子都在一个世界过活，大自然自有法则，它不好，自有鸟儿管它，我又何必多事？各自安乐吧。

◎ 小神仙

市井珠玑

梅妻鹤子与煮鹤焚琴

真的雅人不会说自己是雅人，就像古董在被使用时只是器物一样，所谓的雅俗之分，一动念便俗。

论起生活审美化，似乎明朝人那些精致的"淘气"总胜一筹。我最爱读文震亨的《长物志》，记载了他生活中方方面面的意趣追求，大到园林楼阁，小到衣饰蔬果。比如，他说家里一定得有个茶寮，这是"幽人首务，不可少废"，标准规格是："构一斗室相傍山斋，内设茶具。教一童专主茶役，以供长日清谈、寒宵兀坐。"喝茶聊天这就成了雅士的头等大事。又如诸多禁忌："披云巾最俗""香串、缅茄之属断不可用""天生树枝竹鞭等制，皆废物也"……这些明白细致的标准，长期为幽人韵士们所尊崇对照，唯恐落入俗窠。有人觉得文震亨就是多金多闲，再加上多事，才生出这些标准，其实吧，这些都是他对自己好恶的记录与总结，也并没有说谁不奉行就把谁带走。

精致生活看起来是有钱有闲人的游戏，细想这些与"闲"和"钱"又有多少相干？林和靖结庐孤山，植梅为林，养鹤为子。他每天泛舟出游湖上，如遇家中有客至，童子放鹤为信，他见鹤飞即归棹，这是怎样的神仙画面。然而，山中茅篱草舍，即便受赐粮帛，其清苦并不难想象，只是他自己的注意力不在冬寒暑热上，我们也便只于流传中见得他诗意的一面罢了。

堪称苦中作乐的教父者，莫若苏东坡。每每吃东坡肉的时候，我心下都会升起对坡仙的敬意。

"黄州好猪肉,价贱等粪土,富者不肯吃,贫者不解煮。慢著火,少著水,火候足时它自美。"

细数来,多少自得其乐便在这有人不肯和有人不解之间。苏东坡颠沛一生,贬谪数次,就算在生死线上挣扎,也没耽搁在吃喝和诗词上花工夫,善于发现又精于创造,泽被后世美食爱好者及文艺爱好者。被贬黄州,生活条件恶劣如彼,无怨无怒,仍能口吐莲花:

"几时归去,作个闲人,对一张琴、一壶酒、一溪云。"

即便人生一曲微茫,只要把痛苦搁在背景音里,主旋律依然能沁润人心。

少时住大杂院,后院厦房里一度租住过一个老太太,日常总是笑盈盈地进进出出。有一次玩耍时我奔跑躲避同伴追逐,情急逃到她门帘后面。不想那屋门开着,抬首便见桌上供着白瓷观音,香烟缭绕,我一时怔住了。她走来拿供桌上的苹果给我,我痴痴接了。四下顾盼,见房间一角的单人钢丝床头尾都包

市井珠玑

着花布缝制的套,蚊帐从上方瀑布似的垂下来,床头柜上整齐地码着几本旧书,旁边是眼镜盒和一串念珠。窗下矮桌上茶壶杯盏,俨然成套,午间吃剩的食物在两个小瓷盘里用纱罩笼着,红的绿的,依约是素菜和腐乳……十来平方的斗室,与屋外犹如隔

世。后来在我奶奶与人的闲聊中听说她是与儿子媳妇不和,自己出来独居。别人眼里的晚景凄凉,在她的井井有条中并不显得惨淡,倒还清爽。我如今已经理解,孤独寂静比亲热纷扰好太多。

所谓雅人是养成的,就像古董,有时间、经历、学问、见识以及磨难给的包浆,缺少这个,就只能称为"作"。而且真的雅人不会说自己是雅人,就像古董在被使用时只是器物一样,所谓的雅俗之分,一动念便俗,更有故意为之,其实目的不纯。时下眼前所多的是各种雅集,其实如果没有雅人又如何谈得上雅集?我总怕看见绣襦罗裙下面若隐若现的运动袜子和登山鞋,怕听见读诗的美人儿在墙角背过身操着方言大声接电话,怕等到表演结束最后的那个梗只是为了推销商品和培训课程……

园林虽好,隐士一去,落到村夫手中,满眼的梅树便是取之不尽的柴火,仙鹤也不过是可堪下锅的一顿荤食,他会迫不及待地摧梅为薪,焚琴煮鹤,见识和想象力使然。就像喜剧《我爱我家》里面宋丹丹演的和平,听说自己可能是和珅后裔,实在不知先人的奢侈生活如何过法,只能臆想全家每天早上起来一人先喝一碗香油!笑到眼泪出来,就顺便有些悲凉的感觉了。

话说回去,《红楼梦》里就连丫鬟童儿也会联句行令,哪怕粗俗若薛蟠,作"女儿悲愁喜乐"的四句小曲有三句都荒唐不堪,却也还有一句"洞房花烛朝慵起",众人皆说使得,倒是比今人酒桌上的黄段子强出许多呢。即便这般的不讲究没下线,讲究起来也是没有上线的。《刘姥姥嬉游大观园》一回,贾母携众人行至妙玉处歇脚吃茶,妙玉给他们泡老君眉用的是旧年雨水,却独拉了钗黛进入耳房内,给她们用梅花雪水另泡"体己茶"。黛玉尝了,问道:"这也是旧年雨水?"妙玉立即相讥:"你这个人,怎么连水也尝不出来!"此情此景好生难堪,黛玉已然算得个精致人儿,也就只有妙玉的抢白能让她认栽。

我有一只帆布袋,里面尽是出差的行头,见过的人无不称之"精致"。里面有一茶包、一书画袋、一香囊。茶包内装紫竹茶筒、小葫芦茶滤以及我自画自烧的一壶二杯;书画袋内有小块灰毛毡一幅、常用毛笔数管、笺纸一叠、吉祥颜彩一盒、小歙砚一方、老墨一锭、镜面朱砂印泥一碟;香囊内装小塔檀香若干和拇指大的一瓷薰炉。

在外的光阴，心常虚浮，这些行头的存在，至少可以让一天中有一段安静的时间，如同在家一样。若是外出一周，我会全部带上，三天以上，省去香囊，三天以下，省去书画袋，如果行程紧张则可全部省去。即使什么也不带，酒店的瓷杯一样可泡得出好茶，想写字画画，只要有笔墨纸张，烟灰缸滴墨、香皂盘调色，样样好使。我向来是到哪一步说哪一步的话，可以讲究，也擅于凑合，形式是有条件的时候用来享受的，而不是在没有条件的时候让自己抱憾的。

日本茶人千利休一生中充满禅门机锋的传说无数，他发明了很多器物，为时人及后世争相效法，人们按照他的方式喝茶，他却说："先把水烧开，再加进茶叶，然后用适当的方式喝茶，那就是你所需要知道的一切，除此之外，茶一无所有。"没错，我们起床，把自己收拾停当，然后用适宜的方式度过这一天，便是我们所需要知道的一切，除此之外，生活一无所有。记得有个脑筋急转弯问题：如何把大象装进冰箱？众人正讨论是把大象切块还是花式折叠的时候答案来了："把冰箱门打开——把大象装进去——把冰箱门关上。"举座一时皆愕然。经年累月，我们终于获得了冰箱装大象的技能后，一切环境、器物、方式以及鄙视过的俗、推崇过的雅，嫌弃过的粗陋、羡慕过的精致，最后皆可忽略，在关上冰箱门的那一刻，物我两忘。

说了这么多话，分辨雅俗，不觉已然俗了。末了还有一句：后来文震亨绝食死了，千利休切腹死了，雅致和幸福没多少必然联系，那还追吗？

梅子熟时栀子香

"过去事已过去了,未来不必预思量。只今便道即今句,梅子熟时栀子香。"——弘一法师

小时候我家住的大杂院里有一个小花圃,就在门前右手,里面种满各色月季,邻居刘大爷每天辛勤侍弄修剪,一年中大部分时间都开得绚丽繁茂,早起在门前刷牙的时候,总能对着一丛香花,一天心情都不错,那时候我以为我最喜欢的花是月季。

当时后院里还有一棵高大的泡桐树,一串串紫花到了落英时节,铺满一地,可以捡起吸食花蜜,这一点,又似乎比月季更胜一筹。

小时候对美的认识似乎是凌乱的,倒也显得实际。记得我妈带我去看植物园的郁金香展,问我最喜欢什么花,我却说向日葵。为什么呢?因为葵花籽好吃,且花开得大而艳丽。我妈说你应该更喜欢郁金香,含蓄高雅,懂吗?我说好吧。

其实对于儿时的我来说,什么花都是好的,只是一直没有喜欢过盆景和玫瑰。盆景过于人工,显得矫情,玫瑰的香气太魅惑,似乎不属于少女。

我的朋友们也多是喜欢花草的,然而兴趣风格各有不同。

小菲把自家整个露台变成了一个立体园林,借助铁艺架子和各种器皿,高高低低上上下下陈列满了各种时期、不同发育程度的植物,她养花都是从种子开始养,非常享受每一颗小种子发芽开花的过程。且会用自家产的花瓣做鲜花酱、冰淇淋送朋友，当然我也未少受惠，她说这有一种当花农的快感和成就感，无可比拟。

七七工作的地方与花店毗邻，她每天都会买几枝新鲜的玫瑰、百合、非洲菊或是康乃馨，回家用心地插在不同的花器里，用手机拍出照片。每天早起，朋友圈里都可见她花团锦簇的早安帖。

鸡妹（因为各自属相，我们互相谑称鸡妹猴姐）是个雅人儿。她以晚明雅士的标准来布置自己的文房，案头置英石小峰，旁种菖蒲、竹枝，茶席边上蓄着铜钱草。鸡妹最喜玉兰，坐在玉兰树下读书，收集落瓣当作书签，胸针、围巾、床单俱是玉兰花图案，喝茶用玉兰杯、写字用玉兰笺。我们不常见面却随时有分享，我和她同样生在北方却都是南国迷，对于诗词里的芭蕉俱有情结，然身在北地，又无园林，只好久久垂涎。我常以芭蕉入画，她看了总是赞叹，她到南方出差看到长势好的芭蕉会拍照发给我，惹得我艳羡难遣，画之题曰："是谁多事种芭蕉？！"甚至我买的蕉叶砚台，以为独一无二，晒出来，不承想她竟早有一方。因为共同的趣味，此类巧合不在少数。

偶然读到杜工部栀子诗，其中有句：

栀子比众木，人间诚未多，于身色有用，与道气相和。

我很是为之所动，用信笺抄下，第二天便去逛花市，满圃栀子正当待放，因是南方花种，喜湿热光照，小时候并没见过这种花。后至湘鄂一带，见农村老太太时常簪在发际，别在衣襟子上，走过去，带一阵香风，不似香水矫情，却还经济、自然。我初闻即爱其异香，汪曾祺《夏天》一篇中有语惊人："栀子花说：'去你妈的，我就是要这样香，香得痛痛快快，你们他妈管得着吗？'"这般率真，直见性命，我喜欢。试着买了两盆，隔夜竟悄悄开了，欣喜存照，发至朋友圈。未几便见七七与鸡妹各发自家新入栀子盛开图来，大家这般心有灵犀，实为一乐。

又见小菲在微博上晒出自己花圃的一片繁荣，并感慨地说："希望大家都热爱美的事物，让生活更美好！"却见下有评论："知否这世上多少人还吃不饱且为烦恼所困呢？"这话透着悲天悯人之心，却也着实令她扫兴懊恼。依我之见，会过的人懂得悦己，想不开的人总在虐己。所谓"事有事在，烦恼恒在"，专注于烦恼，等于烦恼的帮凶，用于抵抗痛苦所做的一切其实与痛苦本身是同一件事。如若暂时解决不了烦恼，不如学着忘记它，愁眉苦脸也是一天，莳花闻香也是一天。况且人是感官动物，通感不仅是种修辞手法，花气薰人可以破禅，还堪以忘忧。胡兰成说："春风春水养好花，其实花与风水两无情。"芳菲遍野，其香无高下；两眼观花，分别在人心。

"过去事已过去了，未来不必预思量。只今便道即今句，梅子熟时栀子香。"弘一法师已替世人道出玄机。人生很短，花期不长，权且闻香。

◎ 小神仙

【专注于烦恼,等于烦恼的帮凶,用于抵抗痛苦所做的一切其实与痛苦本身是同一件事】

气死毛儿

看了《华严释义》，学了两招，随喜功德与恒顺众生。人做好了我就随喜，人不听我的我就恒顺，万事似乎就会容易起来。

幼年在西南城角居住时，巷子里有个小哥们儿，留着马桶盖发型，脑后却长年拖一小撮及肩长发编成的小细辫，名曰气死毛儿。他奶奶说这孩子生来气性大、脾气差，怕意外被气死，所以脑袋上留根辫子能及时把气导出去。我当年试过跟他打了一架，那歇斯底里满地打滚事后记仇的劲头，仿佛没有这根毛的疏导确实不行。

长大以后，生活中还是能遇到很多这样的"斗士"，即便没有留那根毛，也特征明显，各自怀揣两样法宝：一颗玻璃心和一根狼牙棒。这两样东西，我妹已经怀揣很久了。又没有留气死毛儿，所以总是不高兴。其实大多为的是鸡毛蒜皮的小事，被无关紧要的人言语唐突，当面忍了，回家想不通又以泪洗面。我说她太敏感，总是喜欢把小事化大，大事化爆。她说自己是要强的人，受不了辱。话是如此，但要强也有强的方法。原谅我又拿《红楼梦》说事儿了，王熙凤和林黛玉都要强，但一个是气往外散伤别人，一个是气往内行自伤心。妹子怕是林的粉丝。不幸接住了别人丢过来的狼牙棒。依我说要么就扔回去，让他伤着自个儿长记性记住下回别扔了；要不就嚼碎咽了，了无痕。扔不回又咽不下，横在那里扎的是自己的小神经。我妹该有意见了，怪我小时候拿她画漫画，长大抓她做现形，不过在我的治疗下，她已经逐渐强大了，这些都是过去时了。

人爱生气爱纠结其实是种病，中医叫肝郁，得治。玻璃心和狼牙棒无论作为财产还是作为武功，都不能要了。然而现在我们这么大人不可能都跟李春天似的拖一小辫儿。郭芙蓉说："世界如此美好，我却如此暴躁，不好，不好。"其实每个人都有给自己消气的招儿，这便是各人隐形的"气死毛儿"。小东门城墙根常年有摆摊的卖印刷出来的《莫生气》书法卷轴，颇受欢迎，市民们可以买回家挂在显眼处随时劝劝自己；《蜡笔小新》里面妮妮的妈一生气就揪出一个兔子布偶到洗手间暴打一顿，出来以后脸一撸仍旧是优雅淑女；我妈被我气着了以后会到佛前结跏趺坐数个时辰，而后能满血复活；我纠结的时候胃口会比平时更好，所以吃胖了。

追根究底，生气纠结在很多时候无非为了分个对错，定个胜负，占个上风。其实谁对谁错不要紧，但输赢却很显而易见，谁痛快谁赢呗。我没认真读过三国，除了记得那几个著名的以少胜多的战役，更加印象深刻的是诸葛亮气死周瑜。遥想公瑾当年……谈笑间、强虏灰飞烟灭。这般潇然才俊，却被诸葛亮分三次气死，把悠悠山河和漂亮的夫人都抛在身后了。然而诸葛亮却还去哭他，尤其是听言兴朋唱的《卧龙吊孝》，一句句都是逼真的肝肠寸断：

"……只落得口无言心欲问天，叹周郎曾顾曲风雅可羡。

叹周郎论用兵孙武一般，公瑾死亮虽生无弓之箭。

知我者是都督，怕我的是曹瞒。

断肠人难开流泪眼，生离死别万唤千呼，不能回言……"

到头来还是心理素质好的赢。

提起"胡张恋"，张迷们大多气不打一处来，我也迷张爱玲，但深知她心里亦是有刻薄、有计较的，更受不了劈腿与见异思迁，从而与胡决绝。而胡兰成心里倒像是从未与她交恶过，但凡提起总是"意气感激"。最初我只觉得无奈他就是那样一个人，那样一个雄性，心思可以很细，然而指缝又那样宽，这样拿得起又放得下。女人

遇见胡兰成这样的男子，只能说，好却非幸。亦舒写过一篇《胡兰成的下作》专门辱他，刘绍铭的《爱玲小馆》在前言里即将他损了又损。世人这样恨他，然而却没见过胡兰成生气？后来将《今生今世》和《小团圆》对照着看了又看，胡确是花心没长性，又擅于巧语粉饰，但人人嫌他虚伪，却不见得暗地里不羡慕他那份宽心。

修炼心态和练习武功一样，都有秘籍，且重在心法。看了《华严释义》，学了两

◎ 小神仙

招，随喜功德与恒顺众生。随喜就是别人做了好事或得到好处，我不嫉妒，可以羡慕称颂；恒顺就是别人做什么都有道理，不一定只有按我的方式才算对。人做好了我就随喜，人不听我的我就恒顺，万事似乎就会容易起来。存在的一切，都是最好的安排。记牢这几条，必定悲酥清风难以近身，黯然销魂只管自助了。

失眠千金方

平躺，瞑目，向上伸足，交手心上，闭气三息，叩齿三通……心下光洁坦荡如砥，手心朝天，呼吸调匀，养颜养心的瞌睡虫渐渐就来了。

把自己哄瞌睡是一件本事。打小我就会失眠，大多数时候是因为怕鬼，还有一段时间是因为看了《射雕》，闭眼就想起梅超风的蓬乱白发狰狞面目。长大后更有了失眠的理由，有几年总爱躺在枕头上胡思乱想，然而，枕上辟出千条路，早上起来走原路，没思悟出什么结果，倒落了个失眠的毛病。

前些日子，晚间我在朋友圈发过一照片，"失眠四宝"：褪黑素一片、牛奶一杯、安神喷雾一罐、金刚经一卷。友人询我其效何如，我逐一客观介绍。她如法炮制，未果。我知她心性较真，明察秋毫，且病根不在身体，思绪纷繁芜杂，必于夜间辗转。一天，她黑着眼圈前来寻我共进午餐，兼着"求医问药"索要心法。她的烦恼源于老公太帅，有年轻貌美的妞儿投怀送抱，又留下些蛛丝马迹，令她安全感顿失，自信心也消减。大凡男人对于红袖添香都没什么抵抗力，即使这些红袖给老婆添了堵，或许以后还可能会添些乱。但总盯着这些导致忧思失眠才老得更快，不如花些工夫把自己打理好，扛不下去还能潇洒转身，要么也有资本沉下心来把妻座坐穿，只要稍加注意别让哪个红袖给添了丁就成。一番劝慰，姐们儿一时竟也能撂开手，回家睡美容觉去了。

周末去看姥姥姥爷，姥姥精神不好——被保姆气的睡不着。说这保姆做饭跟喝油似的，三天一桶油就下去半截，还偷菜，每次走时拿一大包所谓"垃圾"，里面应有尽有，平时不催不动，抱着电视不撒手……说我妈以"慈善收容"标准找的保姆是来跟她斗智斗勇的，辞掉了还余气未消。于是姥爷宽慰她："厨子不偷，五谷不收嘛。"姥爷是个神仙，我自小见他时常坦腹卧于躺椅，嘴里诵的是"门长闭、任客敲，山童不唤陈抟觉。"所谓无知者眠，多知者醒，知而为负担，不如不知，知多亦能宽解，堪称高人呐。

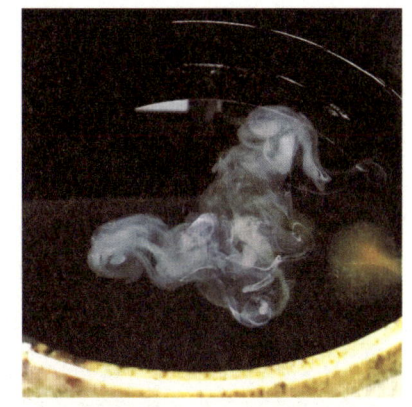

有些事能睁一只眼闭一只眼，而有些不能。

听师母说老师常常撕画，画坏的画不毁掉会睡不着觉。通常一个题材画了很多遍，偶有一半张满意的留下来，其余都用来习字或直接当了舔笔纸，返回头看见幸存的那一半张还不顺眼，抬手又撕了。老师画作看似笔墨简洁，其实产量却并不高。人来买画，即使润笔已付了，他也要斟酌再三，直到满意再交予人家。有一年，师母住院，老师寄住在师姐家，夜间作画数张，晨起观之却皆皱眉，于是命师姐帮他悉数撕掉，一边更把近期不满意的画作逐件挑出，全

部交予师姐,命她撕碎。师姐初不忍下手,无奈之下也只得咬牙开撕,撕开了越撕越过瘾,堪比晴雯撕扇。想来这些画作若糊涂出售,以当日行情,难道不抵数百万之金?可不是跟撕钱似的嘛。然而老师在这点上不马虎,向外交代得了别人,向内还要交代自己,换得夜里好瞌睡。

宝玉跟林妹妹吵架以后,写下偈子,登临苇坡之上,想起《南华经》之句"巧者劳而智者忧,无能者无所求。"成功地把自己劝了一记,遂释然而归,趴在藤床上呼呼睡去。我如今也已不失眠了,也会自劝,心法就是:放得过别人,对得起自己。最不济还有个四字秘籍:明天再说。话说心里无事,一个扁担都能睡仨人,劳劳攘攘,不过自家心窄。睡前洗脸卸妆,顺便就把心也洗一洗,卸一卸。以《遵生八笺》所记道教拘三魄之法平躺,瞑目,向上伸足,交手心上,闭气三息,叩齿三通……心下光洁坦荡如砥,手心朝天,呼吸调匀,养颜养心的瞌睡虫渐渐就来了。

对了,纯生理性失眠不适此法。药王《枕中方》曰:

"怡养之道:勿久行,久坐,久卧,久言。不强饮食,亦忘忧苦愁哀。饥即食,渴乃饮,食止行百步,夜勿食多。凡食后行走,约过三里之数,乃寝。"

这回内外方子全了,对症下药吧。

市井珠璣

文房第五宝

有人说母亲要学习蜡烛，燃烧自己照亮孩子，在手电筒和电灯普及的今天我亦难以苟同。我只希望保持发光，照亮自己和周围，包括小栀子以及一切，直至她自己也成为光源。

小栀子出生前名字已是我取好的。她生在六月，正是栀子花开的时节。弘一法师诗句曰："过去事已过去了，未来不必预思量，只今便道即今句，梅子熟时栀子香。"此句是我最喜，又因栀子花香得率性，亦我所钟爱，故以此字为女儿命名，沾些芬芳、洁白、豁达、智慧之意。

栀子生为女孩，名字婉约，却有男相，总被错认为男孩。在电梯上、院子里，见到带小孩的妈妈或保姆，总是问：这是小哥哥还是小弟弟？我总要纠正：我们是小姐姐或小妹妹。对方才恍然大悟。刚过一岁，性格也已见豪放端倪，凡事直取。保姆带她去楼下遛弯，见院子里稍大的孩子玩溜溜车，羡慕不堪，近前以眼神渴望片时无果，随即一把掀翻车主，掳车在手，哪管车主卧地大哭，亦不在意自己走路未稳，哪能溜车。拖车蹒跚而遁，保姆追上，还车赔礼，强行抱走，小妞多时仍咻咻生气不可开交，我只得再三安抚，又网购同款小车，以免再生事端。

小妞也有静好时候，刚会抬头，便时常被抱上画案看我画画，伏在文盘旁边，小小的一团。我拍图发朋友圈，有友人评曰：文房第五宝。甚是贴切，令人失笑。此宝有时安定如笔墨纸砚，但也难免有冷不防摸起镇纸飙向紫砂壶之类壮举，虽未曾命中，却实实令人肝儿颤，现在有她在旁，我都只敢用玻璃公杯泡斟。现在蹒跚学步了，经常跑来掀开画室门帘，径自走入，看到我临完晾在墙上的汉碑大字，轻车熟路地在笔斗里拣出一支相应大小的散怀笔，顺着字的笔画，煞有介事地刷来刷去，专注地搞创作一般。我画我的她描她的，一时相安无事，然再扭头看时，那几张临作却已化为一地碎屑。正欲责骂，她倒满脸笑得烂漫。咳，算了，一切有为法，如梦幻泡影，只得作如是观罢了。

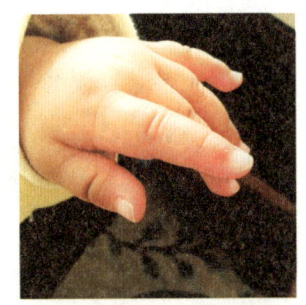

可能受她外婆影响，栀子从小见佛像会拜，在家里路过供桌见释迦、观音、弥勒或是进广仁寺见绿度母像，会自觉合十点头，拜若啄米。听人念句阿弥陀佛，也会自觉合掌。又会跟在外婆后面做瑜伽，时而撅屁股时而抬腿，模仿出各种Q版动作，令人忍俊不禁。近来学说话，总发"佛"音，初时外婆感动不已，而保姆却认为此字实乃她家乡土话"匀"音，取匀试之，果有几次喃喃念"佛"，然小人儿究竟作何想，不得而知。

小孩一周岁时，民间有抓周的传统，以预测孩子未来的职业生涯。我也端了一盘各种能想到器物让栀子来抓。她在盘里摸摸触触，拿起温度计把玩良久。嗯？难道是要学医？之后又选定一尊铸铁小茶壶，一个小葫芦，一支毛笔，把这几样家当运到一边，细细玩耍起来，盘中其他物件便不理了。眼看有了这几件，似乎象征着安身立命与精神世界都将有所托付，大人们觉得咸皆欢喜，便把她拿着有潜在风险的温度计、毛笔、铁壶收回，独把小葫芦

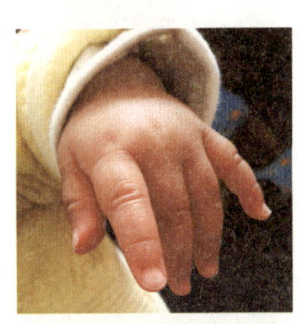

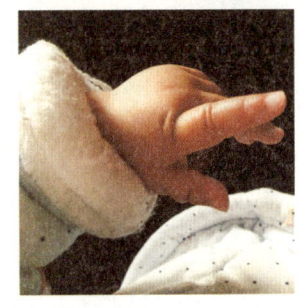

赐予她玩耍。于是，总见她盘玩葫芦，时不时还放进嘴里，无需多久，葫芦就已"包浆"浑厚，擅用口水，也是奇技。

小妞从小无恙，近两月却得了顽固荨麻疹，即使当时抓了温度计，也于自己的病症无补，身上的红疙瘩，一波未平一波又起。医院跑遍，中西药皆试过，不能愈。于是我只好遵照民间偏方，用前胸后背左右臂以墨汁写符的法子，依次在两臂和前胸后背给她写上：

左青龙，右白虎，前朱雀，后玄武，汉高祖斩白蛇，一刀两断。

一气写完后要本人作狮子吼，我便每每教她调出丹田气断喝一声。事毕，照常玩耍，并无一点为病所困的样子，这般平常淡定，倒可以与大人为师。

小栀子吃母乳九个月，哺乳期间我没有出过远门，即使在市内，也要挂念两三小时回来喂奶，曾颇觉累心，也为错过许多外出学习交流的机会而遗憾。然而诸如此类温暖有趣的日常片段也足以治愈人心。以日以年，与小栀子的相处与共同成长，于我也是一样重要的法门。最常听说母爱是一种奉献，同时也是一种暴力。母亲的所有期许其实包含着自己未竟的梦想，自然地转嫁到孩子身上。如此，两代人的相处便难以轻松。汪曾祺的写他的父亲，对自己是"闻而不问"，即了解，但不干涉，所以他们"多年父子成兄弟。"相对来说父子的相处总比母女容易些，再看小栀子的个性，我也很难预测有没有"多年母女成闺蜜"的可能，但除了希望她健康、乐观并积极学习hold住自己主场的能力以外，我并没有更具体的期许。有人说母亲要学习蜡烛，燃烧自己照亮孩子，在手电筒和电灯普及的今天我亦难以苟同。我只希望保持发光，照亮自己和周围，包括小栀子以及一切，直至她自己也成为光源。

其实，未来不必预思量，托栀子花的福罢。

○ 小神仙

生活中有做不完的所謂正經事，而我們又總想玩耍，不得不盡責又不甘無趣，至少一會兒玩一會兒做才各方面不愧對這生活唔。袍姐小像，丙申詩梵

世缘深处

现实刷新你几道底线，或许还你几分超然。

前天坐地铁，听见邻座两个姑娘对话，因为路途较远，她们从找工作说到找对象。对职位的要求，比如一天上几小时班，在什么环境上班，赚多少钱以及福利、养老都非常具体。结婚对象的长相、家境、忠诚度方面都达成了共识，唯买房子的问题上，一姑娘说："怎么也得有个小户型吧。"另一个说："别傻了，一定要三房一厅，以后有小孩怎么办？老人来照顾孩子又怎么办？"我在一边眼睛盯着kindle，耳朵却很八卦地被她们吸引过去，余光瞟见俩姑娘也不过二十出头年纪，心中的算计却是老成得很，或许两人只是负责张嘴，吐出的内容都是母亲教诲的录音，就这样像老司机一样商量着如何轻松得到安稳，做个人生赢家。

听起来，她们正是在计算如何顺利地平庸下去，如何毫无悬念地度过一个能够一眼望穿的余生。这是世俗中未成年人的通常表现，却也是年轻的专属，尚未涉足生活这条河流的人，站在岸边，看着滚滚而来的波涛，设想着：河水不能太热，也不能太凉，要不我就不下水……想着想着，便被裹入波澜，那些设想瞬时被风吹散。

似乎自己越弱小、越不完整，对周遭的稳定和所谓安全感便要求越多，我也有过这样的时候。国家画院工作室每至期末总要交一篇随感，我曾写下一段话："多见女性画家因家庭、工作、身体原因渐渐放弃绘画，或是在生活洪流的裹挟中疏于学习思考，最终坠入庸俗，能鹤立鸡群者，鲜有几人。"那时觉得被生活所累，离理想的状态越来越远，于是字里行间，充满忧惧。

我们这辈人，生在和平年代，从小物质虽不见得多么丰饶，却也称得上一帆风顺，没吃过什么亏。及至中年，初在世相变幻中感受浮沉，不自觉地，恐惧、焦虑和其他一些情绪便随之而来。

我向来自认为是一个在独木桥上困着也能趁机歇歇脚、观个景的人，近一个月，连连受挫，里里外外诸事尤其不利，加之连日奔波，也不知不觉沮丧起来。当生活的水位升高到一定程度，日常的那些鸡汤便显得乏力，事情纷繁芜杂到需要兵来将挡水来土掩的时候，所有心法在忙乱中更加七零八落了。

与女友约下午茶，我们窝在咖啡厅的沙发里，一起重温《佛里达》，看她那被钢架支撑着的破碎身体和裹着荆棘的心，病痛与背叛在我们看来何其惨烈，她没有顺理成章地瘫下去成为残疾怨妇，反而把这些变成炽热的画面。女友说自己状态不好的时候曾经试图告诉老公，希望获得支持与安慰，直到对方不耐烦地打断她："如果没有具体的问题，我再也不要听你描述这些无用的情绪。"她当时很伤心，及至几年过去，我们继续跌撞攀爬后，也终于同意了"情可以有，情怀很好，情绪是个鬼。"这个结论，而这时，她老公那一类"无情众生"早站在山顶微笑着俯视我们了。

即使我们津津乐道的男神女神，也并没有谁在一生注定的铁富贵与温柔乡里养尊处优，当然，他们即使在困顿中，也没有被情绪打倒。

汪曾祺散文《随遇而安》开篇第一句话便说：
"我当了一回右派，真是三生有幸。要不然我这一生就更加平淡了。"

在我看来，这一句，犹如棒喝，又是醍醐。他回忆起在高寒地区的马铃薯研究站工作时，每天画不同品种的马铃薯，画完了随手丢进牛粪火里，烤烤吃掉，觉得这段日子没有领导，不用开会，简直像神仙一样，还得意说全国一定没有人比他吃过的马铃薯种类多。在他的这段快乐里，没有过去，没有将来，没有怨念，没有期冀，于是便有了一个无限大的此时此刻。那段时间，他竟然在自己读的《容斋随笔》扉页，用朱笔画了一个"效力军台"的图章，情状若此，还拿自己的境遇和古时候的充军画上等号开涮，也是没谁了。

看过一篇文章，内容已经忘记，只记得一个标题：《世缘深处仙缘新》，顾名思义，没有眼下的红尘深陷、风尘仆仆，哪有日后的位列仙班。现实刷新你几道底线，或许还你几分超然。

张充和与张宗和的往来书信集《一曲微茫》刚刚发布时，在媒体工作的朋友趁热给我带来一本，她说："快看，你女神也曾为钱发愁，天天在尿布、奶粉里打转呢。"我每晚捧书细读，书信中讨论着如何教人唱《思凡》，又说近来写《十七帖》感受如何，又诸如"原想用航空签，省一毛五分钱，手边没有也就算了""喝新鲜牛奶改成喝去脂奶粉，可以省一半的钱"……我读之深有感触，于是在扉页写下"纵有十分锦绣，难辞一地鸡毛"。及至读完细看封底，印着一句话：

"虽有天大的事，你亦可以冲淡一下，至于纠纷扰乱，让神志宁静的时候再解决。"

这句放在封底，像是迷宫的终点，所有问题的答案。男神女神之所以被看作"神"，不是一笔好文、一手好字而已，他们自己在挣扎中一边淡然处之，一边滋生出智慧来治愈别人，更令粉丝们受用不尽。

友人知我近日烦乱，给我画了把扇子，题曰："否极泰来终可待，暑热扇走妖蛾子。"我把扇子分享到朋友圈，又引得关心我的师长特意作了一幅《罗汉斩妖蛾图》。隔几日都关心地问我："妖蛾退否？"嘴硬地答曰："谈笑间，那厮灰飞烟灭。"一切妖蛾子，终将翻不出我们的手掌心，就看掌力如何了。

一场断舍离

繁杂的物品，即是内心的外化，家当越多的人心里的自我越庞大，佛教将此症状诊断为"我执"，乃痛苦根源，临床表现为对一切有形无形事务的执着。无药可吃，精简看空，方获自由。

前段时间看过一条链接，测试现阶段的主题词汇，我依次输入信息后，跳出"断舍离"三字，于是断舍离的机会就真的来了……

我和爹娘拖拖沓沓的蚂蚁搬家终于分别进入连锅端的最后一步，对于"家当"过多的人，搬一次家，堪比打仗。我赶到老爹老娘搬家现场的时候，五个工人正一溜排开蹲在花坛沿子上喘气，宣布开始罢工："没法干了，加钱加钱！"他们没想到我爹有这么多书，楼宇管家又抵死阻止手推车压过大厅的大理石拼花地面，于是只能一摞摞吭哧吭哧徒手运输，搬了几趟五人陆续崩溃。老娘则又开始在一旁控诉："什么都不扔，光地方志就七八箱，又不留着开档案馆……"而我爹一直是很坚定淡然地站在一边，用余光监督保卫着他的资产。其实这一出已不是新剧情了，每次搬家都要上演，且愈演愈烈。

说起攒东西这毛病，渊源深了。姥爷总说人生所有大多是身外之物，当年搬家的时候见别人扔掉他一片京戏CD都要一把夺下，如护卫心肝脾肺肾一般。他舍不得扔又无用的物品很多都传给了我，我现在收拾的东西里就包括他老人家交付的字帖几十本，20世纪80年代的《美术》杂志若干，泛黄的画集画谱无数，毛笔一捆，各色闲章一匣。算上这些家传的，加上新置的，房子再大也能轻松塞到冒尖儿。我站在衣柜前折T恤，当短袖数到第七十八件的时候，我毅然决定以此为起点大肆挥刀。一番杀伐躏弃后，如灌肠排空了宿便，身心轻盈。我这厢腾出空间，我家阿姨的女儿们那厢收获颇丰，各自欢喜。央视主旋律广告上都说了："旧物易主贵如宝。"此言不虚。

一次动作不代表一劳永逸，若不保持下去，再胡乱添置，则意义全无。除了用完无残骸的消耗品，能不买就买，但凡入手必是精品。衣装自不必说，文房与茶器上，无休止地购入说明眼界还不够高，如果遍读典籍，博览宝物，稍能入眼的一定价值不菲，太过奢侈的劝劝自己也便作罢。比如一直觊觎那镌着"不肥而坚，是以永年"的老段泥曼生石瓢，本想买把仿品意思意思，奈何原作宝光熠熠地横在脑子里，矮子里拔将军的工作就有了难度，至今仍没有凑合下手。

一般人境遇好的时候都会置家画蓝图，而低落时期最容易生出断舍离之念。最绝的当属苏轼，他被贬谪到黄州时，有天晚上出去喝大了，回家敲不开门，倚杖立在门外听到江声阵阵，便生出了前所未有的出离心，当即写下"小舟从此逝，江海寄余生"之句。当然他没有就此漂泊，但那一刻，万般俱可抛弃的心念一定真实浮现过。

谢安给支遁大师写的信里说："人生如寄耳，顷风流得意之事，殆为都尽。"想来我们的所有也无非是过手而已，何必较真，与境遇顺逆原不相干。休假半年后，回到自己的办公室，四顾尘封，这么久不见当时天天离不得的物什，不也活得好好的？当年我但凡出门几天都会带个巨大的箱子，赖以维持与在家无异的生活秩序。如今斜跨巴掌小包，内装手机身份证甩膀而行，不但不会死在外面，反而像蒲公英一样，吹口气就能飞越千山。过去每周至少网购书籍数十册，如今无需收藏的读本都在一个kindle里，真真算得上多快好省。

曾经设计史学到极简主义，十分属意于那种横平竖直的空明开阔，也向来喜欢宋时家具瓷器那份萧然素净，清式的繁冗赘饰相形之下总像是不自信的过度表白。人亦如此。繁杂的物品，即是内心的外化，家当越多的人心里的自我越庞大，佛教将此症状诊断为"我执",乃痛苦根源,临床表现为对一切有形无形事务的执着。无药可吃,精简看空,方获自由。

　　与老娘饭后闲逛聊起所悟,她老人家总结得好,断舍离的最大奥义无非十二字:减少欲望,谨慎入手,适时清理。其实与戒定慧的过程是一个道理,欲得智慧,必须先戒……走着走着忽见街边卖茶叶文玩的小店里有一种黑檀小凳,小小憨憨的样子实在可喜,老娘爱不释手。我小声提醒她说好的断舍离呢?她言道:"这不能教条,有用途的东西还是必要的。这小凳儿在家可枕,带孩子下楼散步时可坐,情急之下还能抡起防身,真真好东西。"我只得说那您随意。"随意不了,没带钱,鉴于此物主要遛娃的时候用,于我得算办公用品,钱你掏吧。"我掏钱的时候又总结了一条:想要什么就让别人买,不用了再还给他,来无影去无痕,这不失为一种不必通过戒与定修得的智慧。嘿,人非圣贤,万事不能一蹴而就,大家且行且共勉吧。

一二如意

得味即仙。日子要如何咂得出滋味呢？试试诸如以上的恒久耐烦日常，尽量留意周遭，适当读点闲书，偶尔开开小差，并且每天至少有一顿饭要吃得满足。

编辑发给我"如何把日子过的有趣"这个题目的时候，她已经坚持吃了三天罐子沙拉，饿到眼绿。我特地每餐拍下面前硬菜发她，如麻麻鱼、东坡肉、糖醋排骨、橙汁煎鸡等等，她每必崩溃，说我简直是伊甸园里的那条蛇。今早我给自己做了孜然培根炒饭，冲了一杯白咖啡，对我来说，吃饱喝足才有心情语人生。喵酱看了图咬牙留言："一月后我饿瘦或饿死了才见分晓！"希望她能快点饿瘦，虐己和悦己也不过隔一层纸，那个开心的点不在此时此刻就在不远处，不过总是不能兼得罢了。

我一度十分羡慕不用工作的人，看到别人异彩纷呈地周游列国，越发感到朝九晚五的生涯乏善可陈，觉得自己也该去行万里路。起过辞职的心，寝食难安，后来终于劝服了自己，依旧每周乖乖上五天班，也不再嫌弃单位的斗室。买了置物架，把桌上散落的墨锭、镇纸、颜料、砚滴仔细摆好，画框一一上墙，还在闲置的青花双喜罐里养了一丛凤尾竹。每天早上进门一定先洒扫、烧水、点香、泡茶，直到一口茶汤下肚，当天的事情便有了头绪。

我各处的案头都有个白纸本子，包里也装着一个，等人、坐车、开大会或无聊的时候，掏出来画画身边的事物，或有好的想法和偶尔的灵光，以便随记。这还是上研究生时养成的习惯，那时导师让每人每周交一本速写，内容不限。其量之大，靠集中突击是无法完成的，这活儿若不是随时画了攒下，交作业那天便只有伏案哭泣了。当

○ 小神仙

年初时叫苦，而后却觉长久受益，自此我开始善于发现身边的点点滴滴，随时进入状态专注于手头的事，心情便不那么重要，得失也会渐渐淡去。有时回头翻看那些小本子，整个生活里有趣的片段可堪回味，不能不说确实是种乐子，也是财富。

　　近来越少开车，一来交通拥堵，二来坐地铁的时间可以读书。电子书是个好东

西，云端应有尽有，在无需与人交流的地方，一头钻进书里，就如同到了另一个世界。现实向后退去，字里行间其乐无穷，很多书都是在途中读完的。

犹记上小学时，晚上贪玩没写完作业，第二天被老师"请"上讲台，趴在讲台上，边示众边写，补完作业仍得罚站。站在上面居高临下，看得清每个同学的小动作，一个一个画在作业本边上，实在好玩。罚站的时间总是长如小年，这样倒也易度。成年后每遇困境，便本能得像幼年一般开个小差，不盯着糟糕，糟糕也便成不了气候，自行化为乌有。

我师孟老有画题曰：得味即仙。日子要如何咂得出滋味呢？试试诸如以上的恒久耐烦日常，尽量留意周遭，适当读点闲书，偶尔开开小差，并且每天至少有一顿饭要吃得满足。这方子无毒且易行，我作为小白鼠试用多年，除了胖点儿，依然愉快地健在，各位可以放心。

有句箴言说：常想一二，不思八九。画里的菩萨也只拈着一个小小的如意，一二之中得味得趣，这就够了。

◎ 小神仙

【随时进入状态专注于手头的事,心情便不那么重要,得失也会渐渐淡去】

从珠穆朗玛到翠华山

"莫听穿林打叶声,何妨吟啸且徐行。"风雨或是晴云又有什么关系呢?好在翠华山没有没有那么高也没有那么陡,慢慢走吧。

95后晚辈即将大学毕业,我们聊天,她日后的理想是边云游边代购边摄影的生活。其实说白了就是要满世界逛,之所以加上代购,是因为还要养活自己,摄影是爱好,能让自己开心。不想天天上班,不想当先进,不想出名,活不下去了就代购,直播卖萌也行,就这样。

想起偶然听过的一首歌,歌词和旋律都记不清楚了,只有最后那段旁白让我记住了:

他们让我找本地的小孩结婚……我不要,
他们让我当老师……我不要,
他们让我去一家正规的动画公司工作,
我试了,最后说我不要,
我不要我不要……我也不知道自己想要什么,
但是我知道我想好好生活,
做点什么别白活这么久,
对。

清澈又有些任性的声音,淡淡叙述着。这小孩一点也不听话的样子,不过也并没有什么明显的不妥，甚至可以说挺好啊，没毛病啊。毕竟，恶狠狠的竞争属于丛林法则，心平气和地选择成为一个平凡的人，享受属于自己的那一份不为他人知晓的幸福，这听起来就有人类进化和社会进步的感觉。

吃不饱没力气的时候靠喊号子给自己加油，心里没底的时候才动用意念给自己打气，走黑巷子唱歌，过坟地吹口哨，不安全感让人看上去斗志昂扬。我出生前我妈给我写了一本子日记，字字血泪，满篇都是期望，我实在没有勇气卒读，还给她老人家了，她很伤心。估计95后曾听到我说他们也可以像我们这一代这样卖人设，也许一样没有勇气把话听完，但他们这代情商很高，最多心里"呵呵"而已。

早上总买牛肉饼，戴白帽子的胖大叔生意太好，经常得站在锅边等，背着电脑戴眼镜的小哥等着等着就急了，不迭催问：熟了没熟了没快点啊快点啊！一会儿催得大叔颇烦起来，反问他："你看你吃得成？"终于，肉饼出锅，热腾腾地递过来还附赠一句箴言："娃

市井珠玑

呀,不要把自己给得太渣!怂管撂远,蒸馍馏软,咸菜切短,稀饭熬糜。"出口成章,食客皆顿悟,这三块五毛钱,不仅给你果腹,主要卖的是智慧。

小鲜肉也好,卖肉饼的大叔也好,看上去都比我这个中年人活得通透轻松,有些人修炼了一整,只是到了达别人的起点。应该不仅是心性使然,也是与时代背景和接受的教育相关吧。上高中的时候,老师经常鞭策我们要力争上游,时常引用一句粗鄙却犀利的俗语:"如果你们不抓紧,吃屎都吃不上屎尖儿!"所以屎尖儿就是紧箍咒,不想争屎尖儿就不用那么抓紧了啊。

曾经买了一套有意思的手账本子,武功秘籍主题,一年取用一本,《九阴白骨爪》《葵花宝典》《降龙十八掌》都依次用过了,去年的一本《化骨绵掌》,到年底终于挣扎着给剩余事项全部打上了对勾。今年的《悲酥清风》,边做边划掉了三分之一,如今还没有完全妥帖。家里书架上有一本出家人编的禅画书,封面已经残损,里面有一页画着一座高山,壁立千仞的样子,下面的

◎小神仙

小和尚仰头而望，题曰：

若起精进心，是妄精进，若能心不妄，精进无有涯。

后来知道这句子出自《指月录》，意思是先去虚妄，才能进步，没事别拉发心立誓，指天指地，该干嘛干嘛就好了，干着干着总会干完的，当然也只有干着才能发现原来是干不完的。

不知有多少人少不更事的时候都立志登上珠穆朗玛，美其名曰"征服自然"，即使登上了，自然还是自然，一部分人的身体却变成遗体搁在那了。孙悟空终于尿在了如来佛的中指上，还题壁般写下"到此一游"，不知道这算不算把佛祖征服了。

上小学的时候年年春游，六年倒有三年都去的是翠华山。年年都是徒步"吭哧吭哧"爬上去，当年觉得翠华山真是太高了。其实我并不喜欢爬山，只是随大流地爬上去，从饶有兴致到意兴阑珊地一遍一遍走过奈何桥，钻过一线天，在天池边上跟大伙一起野餐。现在遇上爬山活动我基本上不会跟着爬了，在山脚下一边喝着茶吹着风看着流云听着溪声，一边等待其他精力充沛的友人也很好啊。无论如何，这些年爬过这么多次翠华山，掐指算算怎么也抵得上一个珠穆朗玛了，行了。

○ 小神仙

　　网上这两天流行一测试：你得什么病？诊断结果有焦虑症、强迫症、抑郁症、狂躁症等等。大家都各自有各自的病，我点进去，答题一过，少顷医嘱出来了："病入膏肓。余生瞎××过吧。"

　　写完这些字，自己读了一遍，隐约觉得是否微微有些"丧"？不像新开年的感觉。转念一想，人之悲催在于不是踌躇满志就是万念俱灰，揽镜自照，还好，都没有。听信方子，瞎那什么过吧，也许一不小心就过好了呢。

　　去年大寒的时候好像下雪了，我记得当天吃了肉喝了酒还填了词。今年任胖子来看我，仍然喝了酒吃了肉，他带来了佛家庄的腊梅花骨朵，盛在一个带木塞的玻璃瓶里。我泡了金骏眉，撒几颗花骨朵在里面，甘甜里面飘出淡淡香气。时令风物，过了这村没这店，胖子惯会这样不失时机地趁热享受生活，我也放下手上所有的事，就这样斟饮起来。

　　东坡居士说了："莫听穿林打叶声，何妨吟啸且徐行。"风雨或是晴云又有什么关系呢？好在翠华山没有那么高也没有那么陡，慢慢走吧。

171

好吃喝

猴年烟火气

古人生活条件与我们难以相比，但是享乐愿意花工夫摆阵仗，让体验更加充分，他们想不到千百年后的人们每天舒服得跟过年似的，却偏偏连过年都没有了仪式感。

2016年的第一场雪只能说下了个意思，但是我却托雪的福胡吃海喝了一天。中午点的菜里有一锅虾，芝士汤底，红虾整整齐齐摆了一圈，上面竟然中西合璧地配了一堆小山似的炸麻叶，夹起一片嚼了，一时间就有了过年的感觉。小时候爱过年，有很大一个原因就是能名正言顺地放开吃各种油炸食品，再就是能玩雪，以及有新衣服穿。

记得过了小年家里灶上就开始热闹，我奶奶是烹饪主力。光是丸子，每每就要炸两大盆，一盆荤的，一盆素的。荤的定是猪肉，素的要么是莲菜，要么是萝卜。她一边炸，我一边趁热偷吃，我只偷肉的，拈了一个又一个。新炸的肉丸子外皮刚凉一点，里面还滚烫，得一下下轻轻探着咬，掌握不了这技术，上颚和舌头必定要起泡。大人们也深谙这点，偷吃起来并不输于我，丸子总是不等年里烧烩之用，就得先消耗一小半。

油锅既起，该炸的就要一并炸了。炸油果子的时候，我是乐于参与劳动的，我奶奶是街坊公认的巧手老太太，她不满足于只做菱形的切片麻叶，还得做花式果子。一块长方形的面片，用刀把中间部分切成细条，但两头不切断，捏住一头从中间掏过去，就成了辫子；两头对折捏紧下缘，上面就散开成了扇子；面片在指头上卷一个筒，再头尾相接后压扁，又成一朵花……数十种造型方式，当时我都一一烂熟于心。

奶奶说，待客摆花果子的人家，主妇一般都是勤巧人，如果只有麻叶，则表示主妇拙懒，所以学成这项手艺很要紧，长大了好用，以免丢人。

有时帮灶表现好能得到一个额外奖励的油渣夹馍，热馒头横着掰开，一面抹一层芝麻酱，一面撒上白糖，夹上炼过猪油的热肥肉丁，咬一口甜热脆爽，油香四溢。奶奶一贯认为油是好东西，对谁好就给谁多吃油，于是每次我吃完炒米饭都能沥出一汪油在碗底，这种习惯直接造成了我至今改不掉的重口味，连吃鸡翅也只吃炸的，我爸也是，我妈为此痛心不已，责令我们改正。但偶有想吃的时候就我告诉自己：大凡小事都以百年计，未免活得太不轻松，时而破例不妨事。趁着年轻还能吃就吃点，其实这炸物的时效性也有如青春，不抓紧享受其脆爽，过时即蔫，喂狗狗都不吃，常听人自怨自艾青春喂了狗，殊不知狗也是不惜得一尝的。

现如今过年，万事从简，没人愿意折腾，我学的本事也成了屠龙之技。除了给孩子买新衣，大人们也不一定专门添新，老天爷下雪也不一定在年里下了。眼前这场雪必定是积不住的，我坐在窗前打开ipad，放出《琉璃世界白雪红梅》，史湘云为首的一干人在芦雪庵一边即景联句一边吃鹿肉喝酒，看了一会儿便忍不住去把打包的叉烧热了热，温了一小壶阆中带回的丹桂酒，幸好案头有新添的矮株腊梅，也算诸般齐全。

湘云抢白黛玉说："是真名士自风流……我们这会子腥的膻的大吃大嚼，回来却是锦心绣口。"她果然所言不虚，我这不是名士的人，吃吃喝喝间诗兴也能生发出来一些，于是趁热短短填了一阕《点绛唇》，抄在笺上：

昼雪轻萧，隔窗频探沉香室。
炉端新炙，温酒吟工尺。
梅蕊初莳，摹向云笺纸。
听行止，意随舟驶，痴似张宗子。

想那万般雪景，仅记张岱《湖心亭看雪》中所记"湖上影子，惟长堤一痕、湖心亭一点、与余舟一芥、舟中人两三粒而已。"如此臻境，每每击中人心，我辈只有隔空叹服的份儿。古人生活条件与我们难以相比，但是享乐愿意花工夫摆阵仗，让体验更加充分，其中趣味自然大过我们所得的许多，他们想不到千百年后的人们每天舒服得跟过年似的，却偏偏连过年都没有了仪式感。

这个猴年是我的第三个本命年，友人说应该重视，专门寄了一套孙悟空的年画给我，说是张贴可以辟邪。其中有一张齐天大圣正在水帘洞前阅兵，题款从右往左写着"花果山猴王开操"，整个一派神武气象，令人看了能起勇猛精进心。我翻拍下来发到朋友圈以示励志，属猴人倍觉鼓舞，点赞正欢，冷不防一个妹子从左往右念了一遍还非得说出来，一时气场哄然全塌，列位看官差点儿笑死。我缓过一口气来，随即删了，不是她搅局我还发觉不了我傻，辟什么邪呢？最有效的辟邪方式就是你的气场比邪还邪乎，这伙人，哪个做不到？哈哈。

我还是画了好多猴儿，不是普通的猴儿，都是大圣，个个面红乐呵，愿像他一样历经凶险还天真得趣，所向披靡。

◎好吃喝

【辟什么邪呢？最有效的辟邪方式就是你的气场比邪还邪乎】

春色可餐

天地间的清气与熏风拂面而过都不作数，总得经过舌头，落进肚里，这春天才算得上瓷实。

闲来抄录清人黄仲则《卖花声·立春》，有"独饮对辛盘"句，不知"辛盘"何物，专门翻查了一回，方知"辛盘"也作"春盘"，晋人有互赠春盘的礼仪，诗句云："立春咸作春盘尝，芦菔芹芽伴韭黄。互赠友僚同此味，果腹勿须待膏粱。"诗中的萝卜、芹菜、韭菜，日后演绎为芥、韭加以葱、蒜、芫荽的五辛盘。一来辛与新谐音，取迎新之意，二来以五辛散发五脏邪气，中医认为辛辣能鼓肝胆，又可将一冬攒下的能量发至体表。民间的养生智慧总与生活的仪式相连，辛盘在北方似乎并不甚流行，但相类似的活动有"咬春"。咬春也有不同版本，听说老北京一立春街上就吆喝"萝卜赛梨"，脆萝卜甘甜中透着丝丝辛辣，咬下去嘎吱作响。很多地方，吃春饼即是咬春，在陕西就是煎饼卷菜。豆芽、土豆丝、萝卜丝、韭菜、粉条都堪入春盘一卷，如果再有新鲜野菜就更胜一筹了。

荠菜无疑是野菜中的上品，常听老辈说"三月三，荠菜赛灵丹"，荠菜不仅能入药，据说还有别名曰"护生草"，《本草纲目》记载："释家取茎作挑灯杖，可辟蚊、蛾，谓之护生草，云能护众生也。"然而，这个版本的荠菜已是开了花的，不宜食用，餐桌上常见的俱是嫩叶。多少年来，春天仍常见老太太们三五成群相约挖荠菜，以前是为了吃，如今倒成春游的节目了。

我生平第一次认真品尝荠菜是在同学家里，西门里的马道巷在20世纪80年代中期还是一大片低洼菜地,我有个同学家就住在这儿。记得寒假过了开学不久,有一天天气好且放学早,她招呼我去她家玩。出了骆驼巷穿过西大街,走到安定门城门洞前往北一拐,那一处整个是片广阔的大坑。我跟着她抄近道顺着土坡蹓下去,七拐八弯踩着田埂子才到她家门前。她奶奶坐在门槛上搂着个竹筐择菜,满满的一筐绿草,叶子豁豁牙牙,小狼牙棒似的,见我好奇,同学告诉我这是荠菜,能吃。于是带我到方桌跟前,揭起纱罩,拈出一个饺子递到我嘴边,说:"你尝,荠菜馅儿的,我中午吃了十八个。"我捏住咬了一口,只见馅儿饱足得往外溢,绿泥一样,但味道并不如我想象,青涩之中有一丝淡淡的泥土气,并不甚好吃。后来明白,其实荠菜是好的,想必因为纯素,且油放得少才殊显寡淡,此后吃到和着肉调的馅儿,才让我对荠菜饺子的印象扳回一局。荤素搭配才能浓淡相宜,口舌之间这点事也充满了辩证意味。我曾临习金冬心《花果册》,有一幅春笋,题诗令人过目不忘:

夜打春雷第一声,满山新笋玉棱棱。
买来配煮花猪肉,不问厨娘问老僧。

冬心先生深谙此道啊,不过专门拎着块五花肉去问到老僧面前,是不是有些忒损?这个梗若不是存心促狭,那就当真是参禅参得高妙了。

五味令人口爽,好的吃多了的确会想念粗茶淡饭、瓜菜杂粮,记得小学课本里有一篇刘绍棠的散文《榆钱饭》,作者形容树上的榆钱用了"冰凌霜挂""粉个囊囊"这些词,学过此篇以后,我就开始对榆钱的美味心存幻想,至今却也没机会吃到。去年家里阿姨做苜蓿麦饭的时候我还提起这茬,她说她小时候常吃,我问她味道果真如何,她笑道:"不吃也罢,吃不到还有个念想,一吃念想就破了。"

同样闻其名令人生津的还有一样油盐炒枸杞芽,"前儿三姑娘和宝姑娘偶然商议了要吃个油盐炒枸杞芽儿来,现打发个姐儿拿着五百钱来给我……"这个看似寻常的

菜名从厨娘柳嫂子不无是非的嘴里说出来，竟盐津津地带着烟火气。不仅枸杞芽、菠菜、空心菜、鸡毛菜、红薯尖按这个路数炒了都是桌上清口下饭的佳品。

春天这些流传下来的食物，似乎多是以素为主，一方面确是由于时序所长，同时也包含着老祖宗顺乎节气、怜惜生灵的那份意思，透着对自然的感念与情谊。民间俗语道："劝君莫食三月鲫，万千鱼籽在腹中；劝君莫打三春鸟，子在巢中待母归。"丰子恺先生《护生画集》中，多有此类图稿。一帧《抚孤》，巢中几只小鸟嗷嗷待哺，然雄鸟死于弩下，枝头仅有母鸟衔虫喂养幼鸟；另一帧《首尾就烹》，黄鳝于釜中将腹部拱出滚汤之外，盖因腹中有子……这些画面令人观之心生悲悯。君子虽好食，然终应有所顾忌，有所不食。

年纪稍长，心里那点柔软慈悲一唤即起，对春天的温情和煦亦越发喜爱起来——夏天的癫狂炙热和冬天的酷帅冷峻那是少年的事，加之越发热衷花花草草、粉嫩衣衫，以及随着对荤腥的兴趣逐渐消减，野菜的土腥反而在舌尖幻化成清香。在中年妇女的心里，情人节鲜活的花束甚至不如晾干的大马士革玫瑰在杯中粉紫轻纱般风情千种，满山遍野的绿意也不如一

○ 好吃喝

坨野菜的嫩叶在油盐和蒜泥里仪态万方。天地间的清气与薰风拂面而过都不作数,总得经过舌头,落进肚里,这春天才算得上瓷实呢。

十分冷淡存知己

吾师有一小品画，诸仙家于山巅开茶席，题曰："觅青云友，与时贤绝。"这八个字，深得我心，似乎我也做得到，只是把茶席换成筵席也无甚不可。

西安土话称朋友为"伙计"，张口闭口"俺伙计如何如何"。"伙计"从字面看即是搭伙共吃的同伴，引申为同党、朋友。能成为伙计，大多都能吃到一起，身为吃货，我的伙计实属不少。

又到中秋时节，看着铺天盖地的大闸蟹图片，眼馋无比。鉴于不杀生的缘故，只好悄悄咽下口水。与伙计小菲闲聊之时，言语间颇有憾意，不料几日后她竟提着保温食盒送上门来。我住得离她很远，她不会开车，南北迢迢坐地铁来，这是一种什么精神？我实在感动又有些无所适从，见我稍有犹豫，她还引用我一篇旧文里的话劝我："'对食物最大的尊重就是吃光它。'又不是你杀生，赶紧咥吧！"这两天我得了上好的峨眉腊肉两块，知她有同好，邀之共享，她无比垂涎却懒于来取，竟好意思让我同城快递给她，我也竟乖乖照办了。我俩在吃喝上的默契，无人能及，吃到尽兴处，时常讨论晚年谁能给谁把吃的送到床前，每每不免信誓旦旦一番。

雅人儿鸡妹，是书家又是琴人，有世外仙姝气质，却也不是不食人间烟火，她与我同好江南风味，亦推崇柳如是。去年夏天，她来家访我，我们做了一场"如是局"，我用几个大瓷托盘盛着各色瓜果吃食，我俩蜷在地毯上一边看着《柳如是》电影，一边享用美味，半小坛花雕喝干了还未尽兴，又喝红酒，微醺中且咏且录"桃花得气美人中"题句，甚是欢喜。前几天她的朋友寄给她几样陆稿荐卤味，本就没有多少,她还从牙缝里省出一袋熏鱼送来给我吃,真真暖心。

诸伙计中口味至重者当属锋兄,他每天早饭就开始胡吃海喝,天天早晨一海碗晒丸子汤,几十个丸子在高汤里浮浮沉沉,发图还感慨一番:"好一派江景也!"这是关云长单刀赴会时临江之叹。我曾质疑此汤滋味,存心恶心他,也用关公之句给他评论:"这的不是江水,是二十年流不尽的英雄血。"他为此一时舌结心塞,为让我了解丸汤吸引力,竟于翌日早晨7点驱车到我家楼下,一通催命连环call,死活拉我同去尝鲜。我一吃,觉得味道还好,但丸子里掺得面太多,过于瓷实,不至于每天早起排队等食。但或许正是对了他喜爱一切面的路,所以几年如一日,不知有多少丸子下肚了。于是我戏作一首《祭丸诗》诗讽他:

终朝浮沉总未休,孽海无涯几勾留?
欲问生前身后事, 饕客腹内普渡舟。

另画他捧海碗光头之像,赐号"biang尊者"(biangbiang面的biang,取其酷爱面食之意),赠予他当微信头像。锋兄除了不喜海鲜,其他一应物产无所不食,能吃能喝,大腹便便。长年喜食"柳面",懂面的人都知道,那家面硬臊子咸,一般人难以消化,唯老面虫们至爱。"柳面"离我单位不远,他知我不吃面,却也时常午间驱车过来,为的是免费停车,自己去吃一碗回来,坐在我屋里要茶要果,吃喝满意后,旁若无人地在沙发上躺倒,一时鼾声四起,梦里打嗝放屁,毫不顾忌。无奈我只能敞门开窗,燃一炷味道最浓郁的金木犀香,以拯救屋里的空气。

我的好食之友不在少数,逸事繁多,不胜枚举。我与这些人曾一起胡吃海喝,又一块折腾减肥;互相分享八卦,又互相告诫做人不应绮语;互相怂恿消费,又一起闹着要断舍离;在一起时尽情嗨翻,回头又暗自纠结人生应该充分体验还是节制度曰……

　　高中的时候，老师就曾经说过，要珍惜在学校里交的好友，出了校门就不容易再有真心的朋友了。想来此话有理，走上社会，人常因利益而联系在一起，难以纯粹。然而我这些伙计都是在长大后才相识，不因利益相交，也算幸事。有些人初见面就一拍即合，有些人长年同处一室却仍然不能为友，如今，与谁能否做朋友，见了面闻闻味道就知道。懂得人生道理却又难以灭欲的一帮人，一见面就很容易成为一伙。我们没有一起长大，从不相互利用，只是能聊到一起，吃到一起，玩到一起，互相欣赏，已是难得。

　　人当然是需要朋友的。前几天看了部名叫《Her》的电影，一个男人和他的电脑操作系统谈了一场恋爱，人机之恋，听起来科幻，然而活到只能和电脑相好的份上又何其悲哀。我试着拿起手机，长按中键，对Siri说："我爱你。"里面那个声音竟然回答我："你想太多了。"系统也不傻！

　　因为怀孕哺乳的缘故，什么都吃不了，远离五味世界一年有余，与大家不在一起饕餮久矣，甚至见面也稀少了，有时不免悻悻然。然而平时相互关心问候最多的，仍是这群伙计。提笔在信笺上抄下辛稼轩《贺新郎》句："我见青山多妩媚，料青山见我应如是。"拍了发在朋友圈，附言曰："知我者，二三子。"不出一刻钟，诸子便前来点卯，在评论中列起队形。见状甚感欣慰，还是人靠得住！张充和先生《寻幽》诗有句："十分冷淡存知己。"所谓真知己，不因冷淡或热络而离合。

　　吾师有一小品画，诸仙家于山巅开茶席，题曰："觅青云友，与时贤绝。"这八个字，深得我心，似乎我也做得到，只是把茶席换成筵席也无甚不可。

○ 好吃喝

休對故人思故國，且將新火試新茶。詩酒趁年華。

秋膘怒放

想吃便吃，该减则减，不负物华，又留得青山，这才是年去岁来中沉淀出的智慧精华所在。

    立秋有旧俗，用悬秤称人，尤其是小孩。我家当年就有一杆黑柄铁砣大秤，平时靠在仓库墙角，立秋那天为此要专门拿出来，大人们往往就省略了，主要是称我，看看有没有因为"苦夏"而掉肉。如果斤两减轻或是没有增长，就得好好"贴秋膘"了。其实我从小就不瘦，但是大人每次称完，总是唏嘘，觉得重量达不到期望，于是贴膘工作当日就要及时开展。这天的午间伙食一般是臊子面，我奶奶的手擀面当时在邻里间还是享有盛誉的，用肥多瘦少的猪五花、萝卜、豆腐、黄花、木耳切丁烧成荤臊子，浇上臊子，面少汤宽，吃了一碗再来一碗，令人欲罢不能。大人们总把碗里的肥肉丁挑给我，美其名曰"光光肉"，专门让我吃了贴膘，我也总是很乐意地张嘴接住。如今想想，此举实在堪称任性。

    小时候的夏天太热，人没有胃口不想吃，到了冬天又没什么可吃，所以秋天这段时间，在吃这件事上是需要抓紧的。秋柿成熟的时候，总有乡下的亲戚给一篮篮的送来。一开始都是黄中泛绿且坚硬生涩的，我悄悄尝过，嚼一小口，舌头、牙床乃至整个口腔瞬时就像被铺了厚厚一层苔藓，混沌麻木，须得以齿来回刮舌，再呸呸吐几口唾沫，而后多次漱口才能有所缓解，这种痛苦同时也加强了对柿子变软的期待。当奶奶在厨房台子上铺一大张报纸，把柿子一个一个从篮里取出来，排兵布阵般摆放整齐的时候，就说明等待有了眉目。我每天放学回来径直走到灶间，挑颜色红亮的挨个触一触，发现软的就挑出来吃掉。到后来，这些柿子会一股脑全部变软，来不及吃的就被奶奶做成柿子饼。柿子去皮去核,把果肉剥进搪瓷盆,和上面粉,揉成一个红面团,包上白糖、豆沙、黑芝麻,压成巴掌大的饼子,放在刷了油的平底锅里烙熟,咬一口,外焦里糯,烫得人"嘶哈嘶哈"地倒气,但是那一腔柔软香甜,却能让人腾云驾雾。柿子饼如今当季回坊还有卖的,我每次路过时仍会被香气勾引,买一个尝尝,依稀还能找到幼年滋味的蛛丝马迹。

天气渐渐凉下来,人的胃口免不了好起来,见了美食,更是好得可恨,记忆中几次因为吃喝而垮掉都在秋天。一次正是桂花飘香的时节里游阆中古城,主人邀我们一行在客栈吃饭,早知道当地盛产桂花酒,桌上果然用玻璃凉水壶盛着一壶。与街上琥珀色的酒浆不同,壶里是透明的虾子红,里面漂浮着星星点点的桂花,入口清甜芬芳,毫无酒精的辛辣。主家只道我们西北人好饮,席间频频举杯,一顿饭下来不知几壶喝尽。谁也没想到这酒毕竟也有三四十度,后劲猛烈,昏睡一晚起来,一个个仍难脱浑噩,直至中午我终于吐出来,才稍感轻松。贪杯至此,也是该上这一课。

大前年初秋去重庆培训,头几天如鱼得水,和同屋每天课后去洪崖洞走一路吃一路,完后还要买一大兜兔头带回房间,佐以冰啤,促膝而啃,直辣到口舌失去知觉方休。两个吃货在一起,只有互相怂恿,不会彼此制衡,如此这般三天后,早上一睁眼,我见她鼻尖爆了颗大痘,想告诉她却张开嘴嘶哑着发不出声音。以致余下的十来天里,我俩的三餐几乎都消磨在食堂,还专拣不辣的吃,殊是无聊。

最严重的一次是在苏州,正当中秋,菊黄蟹肥,满街弥漫着烤月饼的香气。我和闺蜜一天三顿换着馆子吃。早起排队买两个采芝斋刚出炉的鲜肉月饼,就着一碗焖肉面连汤服下;中午专去吃得月楼的蜜汁火方和虾蟹二鲜,向晚蹓跶到平江路,在稻饭食鱼要一笼东坡肉,几只蟹,抱一小坛黄酒……天天十分饱足而归。一个下午,偶见山塘街路边有一老太提篮卖蟹,鲜肥无比,闺蜜当即决定包圆,我心底不愿杀生,却还是因馋作祟,不甚坚定,老太见我迟疑,表示愿意代庖,嘱我们在旁边小馆等待,不一时便让他儿子把一盆熟蟹端了过来，我半推半就也便吃开了，总共十八只，被我二人尽数收入腹中。如此豪吃，生平初次，或许加之晚间又吹了些风，第二天我俩都发烧了，也算报应。这段剧情说来惭愧，此后总会提醒自己不要重蹈覆辙，这几年，席间碰上有蟹或吃一半只，毕竟再未"点杀"，我虽戒而未忘其鲜，看到网上流传那张"1945年的上海贫困家庭靠吃阳澄湖大闸蟹勉强度日"的图片还是不禁有些心情复杂"，常被友人讥笑"老虎带念珠"。

曾看到《食宪鸿秘》里有一道素蟹："新核桃，拣薄壳者，击碎，勿令散。菜油熬炒，用厚酱、白糖、砂仁、茴香、酒浆少许调和，入锅烧滚。此僧尼所传，下酒物也。"我向来不赞成把素食做成荤菜状，意淫着吃下去，也不知僧尼研究下酒物做什么，但这个方子从形式和用料上看，都显得善解人意，尚且或能解馋，倒不妨一试。

秋霜渐近，"贴秋膘"这个词时常一遍一遍带着画面感于餐前饭后在脑海中浮现出来，细思极恐：男女老少排成一队，由身穿蓝大褂戴白帽子的肉联厂工人从脚边堆满肥肉的木盆里，捞出一块油花花的肥膘，对准人们的腰腹，依次"吧唧、吧唧"地按在身上，从此这一坨坨脂肪就各归其主了……这个"贴"字，如此无缘无故、轻而易举且真材实料，看似轻描淡写，实则相当狠毒。想来秋天可食之物尤丰，又大多香甜，贴膘何其容易——你若放开，秋膘自来。

回顾《食宪鸿秘》前言，曰："饮食不可过多，不可太速……伤食饱胀，须紧闭口齿，耸肩上视，提气至咽喉，少顷，复降入丹田，升降四五次，食即化。"一本教人变着法儿吃喝的书，先是告诫，又赠以化解法门，比起烟盒上的"吸烟有害健康"，自是更加体贴入微。如此看来，想吃便吃，该减则减，不负物华，又留得青山，这才是年去岁来中沉淀出的智慧精华所在。

◎好吃喝

口味这东西是没有定性的，有些东西自己尽可以不吃，但不要反对旁人吃。不要以蜀自己不吃的东西就是豆有此礼。一個人口味要宽一點朵，對食物如此，對文化或其他東亞也是一樣。

汪曾祺金句

丙申桂月 詩梵

【你若放开，秋膘自来】

君子好食

我窃以为过于节制的人未免欠可爱,想必爱吃的人也同时会是有趣的人吧。何妨多些体验呢?哪怕吃了喝了买了再减之戒之失之也好,不怕消耗多一,所喜体验为二。

　　我从小就很爱吃。那时住大杂院,总是奶奶做饭,平时小打小闹的面条、米饭、炒菜用室内的煤炉就行,然而后院厨房窗下有一口大锅一座大灶,镇宅似地盘踞在那里,黢黑的泥身,张着大口,一侧有木质风箱。奶奶打玉米面搅团、漏浆水鱼鱼或是蒸酿皮子的时候会启用这个大灶,一般遇此盛事我会被指派专门在旁边拉风箱,一拉一送,风口的胶皮片一忽一闪,出一身汗的时候饭也熟了,胃口也活动开了。青花大瓷碗一溜排开,每碗盛到七分满,泼上调料醋水,调上韭花辣子分给邻居,大家各自搬小凳子坐在檐下边吃边谝闲传,并不时褒赞我的劳动,堪称一乐事。

　　奶奶去世后,我家为嘴劳神的传统也随之消逝。我妈对美食是毫无感觉的,于味觉无丝毫探索之心,对轻体有万千向往之意,身怀面对诸多美食三缄其口不动筷子的杰出本领,吃些鱼油卵磷脂蛋白粉便有满足之感。如果阿基米德一根杠杆,他能撬起整个地球,而给我妈一把胶囊,就能冷落所有食物。不爱美食且不屑沉于庖厨的人总有仙气,对于我这类惯会垂涎的人是恨铁不成钢的。我上大学后就不在家吃住,体会倒不大深刻,只是几次发现我爹饭点儿前在小吃店加餐垫底儿,被我逮个正着,他会警告我不要声张,回去面对盘中"营养元素"还须意思意思。

　　我爹祖籍户县,我妈祖籍大荔,几辈子人长年居住在西安,我是纯粹的陕西人,但不知为什么酷爱南方味道。初去苏州纯粹是被图片上蜜汁火方的光泽所指引,得空立即飞去把得月楼吃到底儿掉，以致被他们的官方微博给粉了。假期匆匆，没有几天时间，虎丘都没来得及去，也是怕人多，最后几个小时里我与闺蜜二人只在观前街买来采芝斋热乎乎的鲜肉月饼一包、陆稿荐甜烂的酱汁块肉一方，街边提篓老大爷处称了鲜摘莲子、菱角若干，沽得石鼓墩黄酒一小坛，于微雨中步至沧浪亭。雨渐大时游人稀少，只见有亭翼然，二吃货怡然。两人并不说话，饮酒也只是默默碰杯，手机里悠扬逸出的《玉簪记·前腔》令空气更加清寂：

"粉墙花影自重重，帘卷残荷水殿风，抱琴弹向月明中。

香袅金猊动，人在蓬莱第几宫。"

咿咿呀呀地伴随着咀嚼之声共着雨打竹叶久不止息，是怎样的默契与享受。因闺蜜婚后有了牵绊，甚难再有如此淋漓的分享，我与她日后也各自屡食姑苏风味，趣味却因缺少共鸣而打了折扣。近日听网络歌曲《姑苏城》有句："听雨荷风四面来，与谁坐相同？"人在西北，常忆东南，又不禁怀想"沧浪小宴"之乐。

食材之中除羊肉与我不甚有缘，其他几乎没有我拒绝的。每到一处，必然尽尝当地之味。当年在外学习时，同学总怨俄餐难吃，时常聚在一起烙饼炖肉，做羊肉泡，扯油泼面，而我是鱼子沙拉、馅饼、果酱、酸奶油都能入口，一样吃出滋味，回国后中国饭自有大把可吃，所以认为实在不必这么大费周章，相较于别人，可能我的胃实在是没有乡情的。

有一憾便是皈依后再不能吃大闸蟹，赏菊持螯与我无缘了，不过我虽馋却并不后悔。对食物最好的赞美是吃光它，而对一个生命最低级的应用才是吃掉它。看看《护生画集》里面那些活物的遭遇情景，便更不愿点杀任何东西，所谓君子好食而不杀生。

当年我爱吃而胖的这件事与爱买东西以及找不到男人被我妈列为三大症结，每见必依次"三言二拍"，我只有答应遵旨以安慈心。我十分理解并感激长辈所指引的多快好省且笔直畅通的集约型人生道路，不该吃的不吃，不该要的不要，消耗为零。其实我窃以为过于节制的人未免欠可爱，想必爱吃的人也同时会是有趣的人吧。何妨多些体验呢？哪怕吃了喝了买了再减之戒之失之也好，不怕消耗多一，所喜体验为二，在我的逻辑里，最划算不过。

无论如何，还是被迫戒了晚餐，于是我床头所陈书籍多换成了饮食随笔，袁枚《随园食单》、费孝通《言以助味》、逯耀东《寒夜客来》、费雪《循香记》……仅此作为睡前加餐，聊以自温罢了。

◎好吃喝

【对食物最好的赞美是吃光它,而对一个生命最低级的应用才是吃掉它。】

一人一碗面

世事就是这样，有距离、有差异，才有了期待，再好的东西，长年累月唾手可得，其美亦减。渴望的过程也是享受的一部分。

昨上午窗外大雨滂沱，微信叮咚一响，屏幕上显示出锋兄问话："我在贵协附近，灶上啥饭？"我答："面。"对曰："就来。"不一会儿，隔着竹帘，见他的黑色坐骑缓缓磨进院子。人顶着一头水珠进门第一句先问："碗排上了吗？"我答："排上了。"他这才安心坐定，拈着茶杯喝将起来。十二点，厨房师傅在二楼喊开饭，锋兄自行快步上去，找到我已经在灶台上排队的碗，坐在我诸多同事之间，不客气地调辣子剥蒜，自顾自地吃开了。

我单位爱面者多，偏偏我对这一口并不热衷。有一次，打了一碗"三合一"（即炸酱肉沫、什锦菜丁、西红柿蛋三种混合浇头的面）回到办公室，吃了两口便置于旁边，那日适逢锋兄在附近办事，偶来小坐，见桌上面还热着，问我："还没吃？"我说不吃了，他感叹："这么好的面！不吃？！"正说着竟搂过去，一时间吸溜吸溜吃个干净，完了还特地叮嘱我，哪天单位吃面一定得叫他，到时带别的吃食来换。于是，每近中午时分，常见他循味而至。一开始来了还寒暄，也带过小龙虾盖饭、鸡肉沙拉之类，且把面端到办公室与我共进，后来，发展到自己趁热在食堂桌上吃完嘴一抹就要走，丢下一句："你吃什么自己叫外卖，到时候给你发红包啊。"

也有时他随机而至，食堂恰不是面，他便把车停下，到不远处的柳巷面馆大快朵颐。说实话，这个大名鼎鼎的面馆这些年我从来没有光顾过，他硬拉我去体验过一回。面馆里食客挨挨挤挤,进去是没有座位的,先在柜台点面,然后在桌上竹筐里捏两瓣蒜边剥边等位,在等待者的注视下,坐食的人也芒刺在背,所以倒等不了多久。面上得很快,粗瓷白碗,一簇酱色牛肉块及土豆丁臊子下盖着几近小指粗的面条,臊子较咸,面极筋道,我挑着嚼了两口就感到克化不动了,心下暗自思忖,这面吸引食客盈门的过人之处在哪?锋兄那厢自己填塞一嘴,还催我:"哎!吃啊!你吃不出来一股浓郁的麦香吗?"我终于明白了,人常说真的赌徒,不在乎输赢,只享受赌博本身,正如真爱面的人,不在乎浇头与环境,爱的只是面本人。我常讥笑他,明明是个文人,长得却像屠户,饮食习惯倒似庄稼汉,他却自诩貌如罗汉,口腹之好专一如贞妇。

如果拿我和锋兄对待面的态度与谈恋爱作比,面对于我来说是相亲对象,喜欢与否,取决于他的长相、条件、举止等一系列综合因素,而锋兄看待面却如初恋,因为无条件迷恋这个人,于是顺带热爱关于她的一切。

我也不是全然不吃面,只是北方黏面不是我心尖儿上那一款,所以大碗当前总是挑

剔沉吟。进了苏式面馆，银丝细面端上来，那份矜持和拒绝自动就揣回兜里了。早年家里有一本旧书，逯耀东先生的《寒夜客来》，快被我流着口水翻烂了。他家旧居在沈三白与芸娘曾住的仓米巷，每天早晨上学，路过怡园对面的朱鸿兴都要吃一碗焖肉面当早餐。他写道：

"吃时先将肉翻到下面，让肉在汤里泡着。等面吃完，肥肉已化尽溶于汤汁之中，和汤喝下，汤腴腴的咸里带甜。然后舔舔嘴唇，把碗交还……"

第一次到苏州的时候，我就去了朱鸿兴，点了红汤白汤两碗面，把所有的浇头都要来摆满桌子，一看就是游客尝鲜，但如此一次就能大致摸清全局，这方面我向来是不在乎别人斜眼的。最隽永的确实还是焖肉面，按照逯耀东先生的方法，把肉化于汤中，喝汤的时候就知道"腴腴的"三个字有多贴切……

一来二去，进了苏州面馆我也能熟练地来一句"宽汤轻面重青过桥"。以上八字全面暴露了我的吃面偏好："宽汤"就是汤多，相对于"紧汤"，"轻面"就是面少一些，相对于"重面"，"重青"就是葱花青蒜多加，相对于"少青"和"免青"，"过桥"就是浇头另外放一小碟，相对于"底浇"。老苏州人要份过桥的浇头，就着小酒喝一阵，才将剩下的部分倾入面碗正式地吃掉，瘾也过了，肚子也饱了。

去年秋天又到苏州，住山塘街，专门到裕兴记吃秃黄油面，跟老板说加一块焖肉。老板提醒说道："秃黄油面一百九十八块哦，焖肉加不了的。"我冲秃黄油面而来，自然不在意价格几何，但是焖肉一定要吃到，因为只待两天，所有想吃的都要叠拼着吃一遍，每一顿的饥饿感都不能浪费。无耐老板坚持职业操守，说："焖肉只能加在白汤面底上，秃黄油属于干拌……"我只好再多要了一碗白汤面，他却又担忧道："怕是吃不完吧？""……"直到见我隐约有了愠色，他才低头下单。

面用一大方托盘端上来,外加秃黄油一钵,青菜一碟,汤一碗,有专人帮着拌好调匀,老阿姨微微欠着身,熟稔地用左手匀速转着碗,右手执筷高高低低地挑起落下,空气里一时间浓香弥漫。秃黄油均匀地裹在面上,无与伦比地鲜,或许考虑到鲜多了反而"齁",这一碗量并不大,我吃完正好还有点空间,留给另一碗那口经典的"腴"。汤汁下肚,舒坦从骨缝里散出来,是十二分的满足。白汤里的面最终反而没有吃,我爱的面,浇头是灵魂,面是肉身,不如锋兄那般,直取面本身的麦香。

话说一方水土养一方人，看来也偶有错位的，曾经老师给我们上课时讨论过绘画"原生表达"的问题，每个人都带着很强的出生地标记，我觉得我是没有地域性的，老师却说："你也有地域性，只是与出生地不完全相符而已。"就这样，我虽然爱着老西安的市井，却总是慕着南画，馋着南味。

豆腐脑是甜是咸？粽子是包枣和豆沙还是包叉烧火腿？炒菜究竟放不放糖？这些问题是没有统一标准答案的，凡事分南北，都是人生出来的事，那麦子、稻米、豆腐自地里长出，本来其实无差。

对于吃饭，最低目标求饱足，高一点求味道，更高阶的追求就越发复杂了，比如"明星同款"之类。这几天，鸡妹到常熟寻访钱柳之迹，我俩都是"如是"粉，她在虞山吃地道的蕈油面，一边吃一边给我直播，看着汤汁里颤巍巍的松树蕈和着整齐顺滑的细面入她口中，又想到柳如是与钱牧斋亦曾食此味，不由得加倍垂涎，害得我跟着云吃了一顿，还意犹未尽。随即跟长住苏州的发小说起，下次一定要带我去这家吃，她却说："好想念粉巷的腊汁肉biangbiang面。"简直乌龙啊！看来北面的粉丝也是存在于天南海北各个角落里。

世事就是这样，有距离、有差异，才有了期待，再好的东西，长年累月唾手可得，其美亦减。渴望的过程也是享受的一部分。干的汤的，荤的素的，南的北的，人人各有所爱，各有期待，谁好哪一口，老天爷都是安排好的。

◎ 好吃吃喝

槐序旧味记

什么季节吃什么食物,我们最基本的民间智慧就是教大家如何顺应自然、养好自身,而不会挑唆大家过度征服自然、改变世界。何况自然是从来不会被征服的。

  立了夏,天气一热,人的胃口就变得差起来,午间坐在餐馆,正愁不知道吃什么,"时令槐花饭"几个字映入眼帘,遂欣喜地点了一份。谁知端上来却是炒过的,瞬间兴味索然。不免怀念起幼年所食,并不是这个吃法。

  我家还在菜坑岸老宅的时候,屋后有一棵槐树。农历四五月份,古时称此季节为"槐序",槐花盛开,满树洁白,一院清香。我妈是家里身手最为敏捷的,故每次由她上梯子站在柴房顶棚上,用带钩子的长竹竿钩槐花,含苞欲放的花蕾最是蒸槐花饭的上品,每次钩一竹匾,刚好够蒸一锅槐花饭。新钩下来的花苞洗净,拌以面粉,如碎玉一抔。放在火上不多时,这厢云雾升腾,清香出釜,那厢早有捣好的油辣蒜泥和调好的白醋水萝卜丝等着,盛一碗槐花饭,浇一勺蒜泥,夹一筷子萝卜丝,碗内白令人喜,红使人怜,一口咽下,惬意顿生。这时候如果再有一碗浆水汤喝,就更加圆满了。

  红楼梦六十回,"忽见芳官走来,扒着院门,笑向厨房中柳家媳妇说道:'柳嫂子,宝二爷说了,晚饭的素菜要一样凉凉的酸酸的东西,只别搁上香油弄腻了。'"我见凉凉酸酸四个字,不禁为之生津,反射在脑子里的便是浆水菜。那时的夏天,家家户户必蓄一坛浆水,我奶奶亦是惯会为之。所谓浆水,是用瓷坛盛热面汤,将焯过的麦芹菜捞入其中,再加入从别人家浆水坛里讨舀来的"引子",用网筛盖好,放在阴凉处，三五天即成。说来轻巧，做起来也是个技术活，温度、通风都要掌握好，稍有不慎飘起一层"白花子"，就前功尽弃，不能吃了。

浆水每次做好，我总闹着要生喝，奶奶说喝多了拉肚子，每每只给一小碗，撒点白糖，口感厚重却又清甜润泽，胜似一切饮料。

有了浆水，夏天的饭就好办了。浆水面、搅团、漏鱼儿就都有了汤底。玉米面搅团是大人们的最爱，小孩子都喜欢吃漏鱼儿，搅好的玉米面糊，透过网筛漏到凉水里，如一条条小鱼。捞一笊篱到炝好的浆水汤里，调一团上炒好的韭菜花，再来几滴辣子油——呼噜呼噜一碗，呼噜呼噜一碗……吃到停不下来。搅团和鱼鱼属于稀罕饭，因为要启用柴火灶、大铁锅，这边一人搅锅，一人添柴拉风箱，那边一人漏鱼儿，非得全家上手，否则是忙不过来的。拉风箱一般是我的活儿，后来长大了点儿，还能担任漏鱼儿的角色。做好后，总要多盛出几碗，调好，端给邻居们尝鲜。曾经的大杂院，饭点是最热闹的，满院邻里各自端碗或蹲或坐，聚至一处，边吃边谝闲传，碗里的吃食往往也互相分享交换，此即俗称的"老碗会"是也。

旧时记忆中的美味，似乎都与等待有关。与浆水一样令人望眼欲穿的还有醪糟。奶奶把江米蒸至半熟，晾凉后拌以酒曲放在瓦盆里，中心用擀面杖的一端轻轻捣一小凹坑，小心翼翼地像包孩子一样，用棉被裹好，放在床头靠墙处，然后开始等待。左不过一个对时，我却总是等不及，时不时要掀开一角看看，或是试图伸手进去蘸一点尝尝，又常常冷不防被发现、被喝退，因为盆里进了空气，醪糟会变质，就只能倒掉啦。及至时候熬到，启封之时，甜香四溢，我早拿了碗勺巴巴等在跟前，从瓦盆中央汪着白色汁液的地方挖下去，稠稠舀一碗，毫不兑水，只为过瘾，入口异香直冲脑门，魂魄都要冲出屋顶，一碗下肚简直浓郁得要醉倒。

明人高濂所著《遵生八笺》中的四时调摄笺针对四季变换，讲解每月宜忌，导引吐纳，及当季逸事之幽赏，引导人们养生养性。其实朴素地讲，古人所说的四时调摄的中心意思不过是顺着四季流转中时令节气的变化规律，运用相应的方法来达到康健、怡悦的目的。奶奶这辈人并没读过《遵生八笺》，然而仅仅流传下来的经验就够享用一生，福泽后世。什么季节吃什么食物，我们最基本的民间智慧就是教大家如何顺应自然，养好自身，而不会挑唆大家过度征服自然、改变世界。何况自然是从来不会被征服的。比起登上珠峰振臂一呼，还是"静寄东轩，春醪独抚"更加智慧绵长。

那些曾经需要等待的美味，眼下唾手可得，科技的发展，缩短了等待，却也抹杀了期待的趣味。也好，也好。如今的身材，少动食指为佳，我发誓不吃晚饭已两月有余，收起话头，饮些夏日薰风，足矣。

◎好吃喝

【旧时记忆中的美味，似乎都与等待有关】

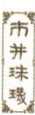

恶趣味之欢

人生百味，什么都尝尝也是好的，拒绝品尝就是拒绝体验，拒绝体验就是存心白活啊！猪大肠心想：不是我不好，只是你还小，总有一天你会懂我的。色即是空，同理，臭即是香。这是哲学。

世界上的人可以分为两种——吃榴莲的和不吃榴莲的。第一次尝到榴莲的味道是20世纪90年代上中学时候，我妈从新加坡带回一包榴莲糖，一粒粒鹅黄色小小的心形，剥开蜡纸，一股奇香便散逸出来，放进嘴里，一时间不知道它调用的是哪部分味蕾，浓郁的复合香味弥漫满腔，极为过瘾。我将其视为异珍，揣在兜里带到学校，给两个最要好的小伙伴吃，他们带着好奇塞进嘴里，一个大为赞叹，吃了还要，另一个"呸"地一口吐在地上，狠狠说道："屁味儿！"一是味觉遭到羞辱，二是为其暴殄天物感到心痛，我们两个稀罕榴莲的出离愤怒，对那厮一顿追打。

那年头新鲜榴莲在我国北方几乎没有，好多年后，水果店能买到的时候，我自然成了拥趸。看到一个炸裂的露出一丝亮黄色果肉的榴莲是有惊喜感的，让店员代为剥开，一颗榴莲通常能剥出五条果肉，盛在打包盒里，回家放进冰箱，可以独享两天。以前家里只有一个冰箱，我爸一开冰箱门闻见这味儿就愤怒，对我冷藏榴莲的举动大为光火。他说榴莲的味道太有穿透力，直钻囟门，干扰神经，瞬间点燃人的怒气。我倒觉得这味道浓郁悠长，沁人心脾，刺激多巴胺分泌，引发人的幸福感呢——榴莲一定觉得：人太复杂了，我只不过既客观又无辜地散发着本味而已。

不吃榴莲的人大多也不爱吃皮蛋、葫芦头、臭豆腐之类，一般年轻人和女性居多，可以视为臭味食物不耐受人群。我小时候也不吃这些，慢慢在姥爷的影响下开始接受。姥爷是嗜臭泰斗，每天午睡起来例行下午茶是皮蛋就酒，他说皮蛋必须吃要溏心的，否则臭味不足，如同嚼蜡，根本划不来吃它。

臭食当中，除了变蛋，臭豆腐也是绝了。外面的炸臭豆腐据说是不能吃了，有曝光节目披露，无良商贩会使用自己拉的屎晾干磨粉，往新豆腐原料上撒干屎末子的缺德伎俩来促使其迅速发酵变质。无论是否谣传，都足够恶心，宁可信其有吧！外食不成，姥爷逼着姥姥在家腌臭豆腐酱，臭豆腐酱确实好吃，制作过程却难捱，瓷坛子放在阳台上，封死，里外三层地盖上，臭味仍会一缕缕游弋进屋，令人总有厕所门没关好的错觉。不过人的适应性是很强的，管他芝兰之室还是鲍鱼之肆，习惯了便无所谓。一周之后，启封之庆，拌了辣椒面的成熟臭豆腐酱呈鲜嫩的粉红色、口感爽滑细腻，烩什锦麻食拌之，蒸鲜热馒头涂之，香气在热汤和蒸气中混合、挥发，真乃厚味华滋，欲罢不能、挥之不去……姥姥和姥爷从旧居搬出后，这一项手艺就荒废了，如今要吃正宗臭豆腐酱，只有同学过年回湖北老家带来给我，由她妈妈亲手所制，味道无差，但每年只有珍贵的一小瓶，必须省着吃。

俗语说：会吃的吃猪下水，不会吃的吃鸡大腿。小时候如遇姥爷来我家，午餐必

吃春发生葫芦头。当时我妈派我拿一个钢精锅去店里端汤，汤盛好后锅盖反着扣，上面正好放一打饼，小指头上再钩一袋梆梆肉，这顿饭就齐活了。所谓梆梆肉就是熏大肠，叫这名字是因为早年这东西是走街串巷敲着梆子卖的，说来也怪，同一个部位，做法不同，梆梆肉得名取其象声，葫芦头得名却取其象形。我当初不爱吃肠，心理作用，总觉得一定洗不净，有股残留的屎味儿。虚长数十年之后，偶有一次吃了突然觉得很香，从此再不拒绝，隔段时间就得吃一次。看来食物是需要大胆品尝并耐心用时间去体悟的。人生百味，什么都尝尝也是好的，拒绝品尝就是拒绝体验，拒绝体验就是存心白活啊！猪大肠心想：不是我不好，只是你还小，总有一天你会懂我的。色即是空，同理，臭即是香。这是哲学。

　　我一友人也惯嗜臭食，前段见他一次性在朋友圈发了九张各色菊花怒放图，配以"爆菊"二字，实在令人侧目，我深以为异，随即问之。原来他刚刚做完痔瘘手术！自嘲至此，也是奇葩。次日我去探望，可怜他偌大身躯术后只能趴在床上，不能吃饭，一天几遭治疗，次次俱是耻辱不堪，痛苦之至。数日后出院，微信告我，我发他一张新鲜雏菊图，白："岁朝清供，恭贺菊安。"他回说："清供的不要，要人间烟火。"问他要享用什么，斩钉截铁地答："葫芦头！吃啥补啥！"我不禁唏嘘。越挫越勇，性情中人也。

◎好吃喝

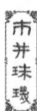

渡云汤

该走的路程无人可替代，该尝的滋味必得亲口去尝，烦恼无济于事，唯有当下不可错过。

无事闲翻《山家清供》，见一道"梅花汤饼"：梅花洗净切末，檀香煎汁，和梅花末、面粉混匀作馄饨皮状，以梅花形模子于皮上凿取薄片，入鸡汤中煮熟，和汤盛碗。宋人的食不厌精在林可山这里可见一斑，就凭这道菜，我都愿意信他是林和靖的七世孙。吃是再简单不过的动作，吃饱、吃好与吃得心满意足，却大不相同。期待值高且花了心思了饭食，吃起来自是比草草了事的果腹之物受用得多。

读《山家清供》一来意淫解馋，二来也学到些精致的淘气。家里炖鸡时，兴致上来我便做自己发明的私房汤水来吃。此汤水要有好香菇和好腊肉方可。相较南方人，陕西食风粗放，但秦山物产却并不输江南，香菇与腊肉，陕南的就好。陕南田间多大棚，棚中菌袋林立，菌头小而肥润，且形状规整，切片最像如意祥云。腊肉古称束脩，学生用它敬师，可充学费，足见其贵。今夏在宁陕旬阳坝老镇见有人家当街晾腊肉，挂成一排铿锵赫然，肥瘦分明。垂涎之余不禁伸手去触，指尖刚碰上，便听老妪隔窗一吼："肉不卖！"一惊。不卖便不卖呗，自制也容易。入冬家里恰得上好五花肉两块，拿整袋盐、大把花椒放入铁锅炒香，晾凉后遍抹肉身，一头穿截麻绳，一杆子挑到阳台外面挂几天，吃时囫囵大煮，捞出可切得薄如蝉翼。将"祥云"与"蝉翼"同倾入鸡汤中稍滚，出锅撒青蒜碎、芫荽末，其状清冽，其香荤醇。邀二三友来食，有人说这是"云片羹"，又有说"飘云羹"……我捧碗喝一口，碗中菇片纷纷若流云飞渡入口，我说"云片""飘云"终究菇是菇你是你，"渡云"才是你渡菇菇饱你,喝干物我两忘。几人捧腹,讥我喝碗汤也参禅,附庸风雅至此,也是够了。然这汤确实鲜美,配以好名字才不负美味。

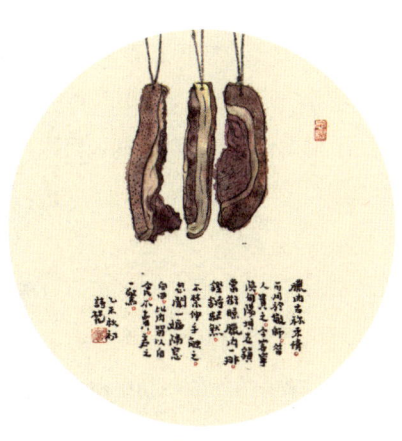

似乎颜值高、名字好的食物总让人觉得味道也更加好些。小时候,家里常吃三鲜煮馍,我总是拣出其中黄花菜,以为味如草绳。后来初到陕南,见山中有六瓣花火红如焰,误以为野百合,当地友人向我"科普",说此花虽与百合酷似,但叶片由根部合抱而生,百合叶是在茎上间隔而生,此乃萱草,也称忘忧草,其花蕾便是日常俗称的"黄花菜"。我心下一时电光火石,从此再遇盘中黄花,细嚼之,竟真吃出一缕芳香。世间以貌取人者甚众,不知像我以名取菜的多否。

无论什么美食,吃得太过频繁总有厌倦的时候,令人惦记的往往是难以吃到的那一味。记得年时与三五友人闲游辋川,循径缓缓行至一静谧处有,栗树茂然耸立,树下落果遍地,几人欣然弯腰捡拾,不觉累累满襟。猛抬头见一农家小院,柴扉上以红漆书"板栗炖土鸡",诸友大喜,同入尝鲜。不多时农妇端来一铁锅,开盖浓香四溢,汤黄肉烂,吃罢唇齿留香。翌年聊起那锅鸡,无

不怀念，专程驱车前往，只见彼处栗树森森，农家小院却聊斋般不知所踪，四下遍寻不得，憾然何如。近年但遇板栗炖鸡必点，然味道与当年所食终不可相提并论。

我属猴，对于猕猴桃的爱一直不减。猕猴桃此果盛产于周至，幼时曾有亲戚提来大袋，祖母教我挑软的用指甲横着从当中环掐一痕，一掰为二，以汤匙挖食，一次总能吃掉五六只，刮净果肉的皮薄如蝉蜕，套叠似小碗。到了少女时代，学人喝花果茶，喜欢称猕猴桃为奇异果，绿茶冲入玻璃杯，投一片果干，温暖甘甜之余看那暗绿的小圆片沉浮间渐次青翠，正是发呆佳伴。近来友人中一逆天主妇赠我一罐手制猕猴桃酱，抹面包吃过一片后便遗忘在冰箱。偶有一次烧肉，试着挖了一勺入锅，不料味道甚是微妙，如此吃法，一瓶酱未久便见底了。相形之下，果酱面包的滋味确显幼齿。不禁想起蒋竹山《虞美人·听雨》句：

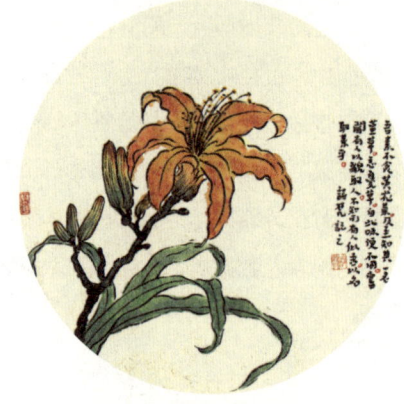

少年听雨歌楼上。红烛昏罗帐。

壮年听雨客舟中。江阔云低，断雁叫西风。

而今听雨僧庐下。鬓已星星也。悲欢离合总无情。一任阶前、点滴到天明。

雨一直是那雨，猕猴桃也还是猕猴桃，一样的东西，何等样心境便解出何等样滋味。年少时觉得纯粹的甘甜和欢愉自是最好，时过境迁，云归雁去，近乎中年才刚刚晓得那咸中之甜正如苦中之乐，不可多得，其味更臻。

近来连日忙碌，心气烦躁，懒于外食又怕动手麻烦，有什么吃什么固然方便，只是入胃不走心，更谈不上满足。可巧那逆天主妇自种的香菇有了点收成，分享与我，不过十来颗，略显珍贵，郑重问度娘，看还有什么新鲜吃法，却搜出一则禅门公案。说是道元禅师于佛殿前见一老僧顶着毒日头晒香菇，不由关切道："老师父年岁已高，此事应交给其他僧人。"哪知老僧答："他不是我。"道元再度相劝："此时暑气正盛，不如歇息片刻再做。"老僧却说："更待何时？"两句话说得道元禅师有所顿悟。可不是吗？该走的路程无人可替代，该尝的滋味必得亲口去尝，烦恼无济于事，唯有当下不可错过。撇开千头万绪做一锅"渡云汤"，还是碗捧在手里那温度和香气，让消散的从容折返了一些。这回仿佛不是我渡香菇，倒像是香菇专门来渡我的。

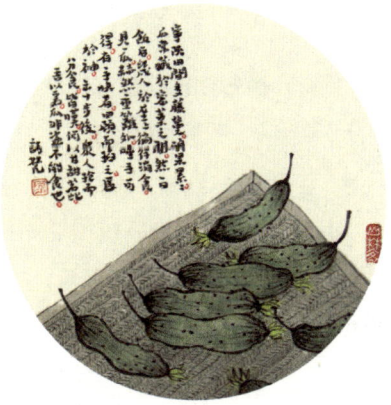

晨间水谷

不吃早餐的一天是匆匆开始的,总有点始乱终弃的味道,接下来一整天都显得凑合。相较于午餐和晚餐,一个人早上怎么吃,更能说明其生活状态。

    与友人中口味最相投的小菲同学约饭多时,总未能共进一餐。原因是我戒晚饭多时,而她午休时间太短,无法外出。虽然相距仅一条街,两厢却总是咫尺天涯各自食,简直成了太阳与月亮。于是有一天早晨7点钟我接到她的电话,她说:"别吃早餐,我找你。"是日,我提早到办公室,烧水泡茶。不久田螺姑娘便拎着食盒进来了,见我正冲熟普,点点头说:果然对路。我说早知道你带的吃食绝不会太素,得喝个解腻的。两人会心哈哈大笑。

    我俩都爱怀旧,又同喜江南味,她每每做了得意吃食总要装一盒给我,看我吃下,讨论过后,才算完满。否则独自闷头吃了,也不痛快,做美食不分享给知己,也是衣锦夜行。

    她打开食盒拿出包子,自己包的,葱肉馅。还热着,皮不薄却很松软,咬一口,有汁水溢出来。我瞬间想起上小学时候学校食堂的包子,说出来,她赞我太识货。

    上小学的时候,在学校加早餐。每月交十块钱,那时一周还是六天,天天不重样,食谱充满路边摊与坊上风情,我依然记得:周一油条豆浆,周二油茶麻花,周三蜜枣甑糕,周四胡辣汤泡饼,周五就是这葱肉包子就鸡蛋汤,周六油饼豆腐脑。现在如果有学校这样吃,一定会被家长质疑不健康,倒是不中不西的营养早餐虽然无趣却显得没有风险，也不知是进步还是倒退。

后来学校的早餐因故取消了，正好赶上刚刚流行方便面，我爸买了几箱肉蓉面放在家里，每天早上给我煮面，再卧个鸡蛋。就这样吃了几年，后来防腐剂的说法一出来，我妈后悔不已，觉得那些方便面一定把我的脑子给吃坏了。后来我俩一旦有意见相左的情况，她就说我考虑问题欠妥，必是方便面吃多了。不过肉蓉面确实好吃，粗面有嚼劲，也没有乱七八糟说不清楚的酱，只有一小袋粉料，那么长时间硬是没吃腻。去年我还网购过，偶尔吃一包，仍然觉得滋味依旧。

俗话说"一日之计在于晨"，又说"早餐要吃得像皇帝"，可见晨间这一顿事关重大。且不提对身体的利害，单从心理上说，不吃早餐的一天是匆匆开始的，总有点始乱终弃的味道，接下来一整天都显得凑合。相较于午餐和晚餐，一个人早上怎么吃，更能说明其生活状态。我认识的人里很有几个热爱做饭的，因为中午和晚上不能保证在家吃，所以对早餐加倍倾心尽力。色香味意形养面面俱佳，且不惜重金买餐具，精致摆盘。有一天我还没起床的时候刷朋友圈，看到一坨意面盖着太阳煎蛋并几片牛油果淋着酱汁有序地摆在一只鹧鸪斑的平盘上，旁边的樱花琉璃杯里盛着杂粮水果汁。当时我就感叹了："下辈子我要是男人，也娶这样的女人！"不料老公问我："你这辈子咋不变成这样的女人呢？"我……哼！

友人中最肯在早餐上费周折四处找寻的，当属锋兄。他系作家，又是自由身，日常无须每天上班应卯，却决不睡到日上三竿，糊弄一顿Brunch。此君早间送完孩子，便开始游侠四方。开着车从高新到北郊到曲江再到城里，天天换着花样吃，还要发出说辞来：吃丸汤，不忘叹一句"光阴流水，日月跳丸"；吃水盆，东坡附体般吟道"夜饮醒复醉，晨用还魂汤"；一顿又是夹饼又是煎包，末了还捧腹总结"火烧饼有烟云气，水煮包多草木风"，此外，看油饼是恢恢双轮，见油条灿若栋梁，说野菜发糕如壁立千仞……总之他见吃食多妩媚，岁岁年年，绮语不胜枚举。我说他一边饶舌一边馋人，两重口业，殊是作孽。然偏好坊间美食这一点，我二人倒也所见略同。

去年我有事到成都，承蒙接待者礼遇，陪吃酒店早餐，进去转了一圈，俱是国际风格食物，既洋气又普通，说不上来身在何处的感觉。虽然不好意思，没忍住还是厚着脸皮提出外食。照着早已垂涎的地址，找到一家老麻抄手，尽管只能在屋外拼桌而食，也无所谓。麻辣与原味，两种各少许，连汤服下，才算没辜负早晨的辘辘饥肠。

售卖接地气吃食的地方环境一般都差，在环境好的地方又吃不到接地气的东西。家住的小区内树木葱茏却无商业，出门便是大马路，路边摊已然绝迹，新建城区秩序越来越整肃，却令人无端有种寸草不生的荒凉感，不似老城虽拥挤却与人亲善。断了吃摊儿的念想，便开始在家煮粥。《食宪鸿秘》曰："人非饮食不生，自当以水谷为主。"水谷的最佳搭配便是这粥，养人。粥是一样的粥，今天加两只虾，明天红薯山药，后天放只咸蛋，无需投入太多精力，也能天天不同。没营养不行，太有营养也不行。贾母天天睁开眼就来一碗牛乳蒸羊羔，却活不过整日啃瓜嚼菜的刘姥姥。如此，清粥加小菜，正好。

看过《蒂凡尼的早餐》，霍莉说："当我在一个晴朗的早晨醒来，上蒂凡尼去吃早餐的时候，我愿意我还是我。"对于我来说，早晨一口汤水下肚，胃先苏醒，然后脑子醒过来，之后，我才是我。从容的早餐像是个从容的开始，我愿用一刻钟睡眠来换，不知诸君何如？

○ 好吃喝

【人非饮食不生，自当以水谷为主】

来碗疗妒汤

高人已经不需要拿药当引子，也不要任何形式，心里的垃圾再多，也能直接不动声色波澜不惊地循环出去，本来无一物。

　　我从小爱看《红楼梦》，书通读过十几遍，电视剧不知看了多少遍，只要播出，必不错过，有时候在院子里正玩着，奶奶就出来喊："娃快回来，电视上有'红烙馍'呢！"我立刻一个箭步窜回家，顾不得奶奶不解风情地误将典雅讹为烟火。

　　二十多年过去，如今我平日里最家常的状态就是一边听着IPAD里87版《红楼梦》的声音一边画画。看起来像个多愁善感的标配文艺青年，但其实我脑子里最常播放咀嚼的桥段与宝黛无关，乃是第三十回《大观园诸芳流散》里的夏金桂耍泼。

　　正是因了这不讲理的夏金桂，才引出贾宝玉在天齐庙王一贴处求治女人嫉妒的膏药，然而王一贴给了他一剂汤药："用极好的秋梨一个，二钱冰糖，一钱陈皮，水三碗，梨熟为度。每日清晨吃这一个梨……一剂不效，吃十剂；今日不效，明日再吃；今年不效，明年再吃。横竖这三味药都是润肺开胃不伤人的。……吃过一百岁，人横竖是要死的。死了还妒什么，那时就见效了。"老道胡诌妒妇方为的是逗少爷解午盹，然而这个方子倒是被我牢牢地记住了。

　　大观园里天天吃药的不少，黛玉把人参养荣丸长年当饭吃，宝钗犯病时要服食那制作工序坑死人的冷香丸，主子们平日里大概人人都会服药进补，有钱嘛。当今药店里的保健品琳琅满目，远非大观园时代可比。各种膏粉片液几乎能覆盖所有人群。刚出娘胎所谓在起跑线上就开始补脑，上了学再喝长个子长记性的口服液，一路走来补钙铁锌硒微量元素蛋白质卵磷脂，补到老了就该吃真药了。随便算算，一辈子吃下来，少说也得有一架子车。

和做中医的朋友聊天，他说每天在自己的诊所里能遇到千奇百怪的病人，有些人是真病，有些人实际无恙。但如今没病觉得自己有病的人越来越多，有的因此担心到白天忧郁晚上失眠。跟他们说不打紧还不信，非要吃药就开点儿吧，于是朋友开些适合他们的调养方子，调元补气，宁神定魄，驱寒去暑，消食化痰；和血舒筋总是没有错的，一来二去这些"铁杆病人"也就真好了。

想起小时候晚上做噩梦被吓醒，第二天早起家人就用火钳子夹一小面疙瘩在炭火里烧熟给我吃，美其名曰"定心丸"，一吃下去果然所有惊吓都烟消云散。王一贴都说了："有真药，我还吃了做神仙呢，还在这儿混！"与疗妒汤如出一辙的灵药多了去了。王一贴不是神医也差强算个哲人。

有本书叫《求医不如求己》，没看过，只知名字好。身体有病求医管用，心中不爽还是得学着给自己开方子。我妈也从小教导我，人一辈子哪怕什么书都不看，也要看三本书：一本《道德经》，一本《黄帝内经》，一本《易经》。有了这三大宝典，就能把身心都自治了。治心病，各人有不同的药，也许是一首歌，也许是一段文字，或是照着镜子对自己说点什么，冲着护城河吼两声也行。我曾经的同桌，一不开心就裁张小纸条记录下来，卷成一个小卷儿塞进小猪存钱罐，那猪笑呵呵的，可满满一肚子都塞的是怨气，很多年后，她偶然发现这个东西，忍不住抠了几个出来看看，觉得自己那时候何等可笑。但不管怎么说，这些方法都是烦恼的粉碎机，有利于将其排出体外。烦恼是必然的，只要有个畅通的循环管道，就能实现"烦恼即菩提"了。

很多大德觉知自己内心有点失调的时候，能马上自己给自己当头棒喝。心念不曾空过，来往俱已善察。高人已经不需要拿药当引子，也不要任何形式，心里的垃圾再多，也能直接不动声色波澜不惊地循环出去，本来无一物。而凡俗如你我，不妨依王一贴之方，把一个雪梨切成八瓣，和着另外两味日常免费的药炖了，以治咳嗽的名义喝下去，有病治病，无病强身心。

对了，这两味药，一个叫锻炼，一个叫平和。

◎好吃喝

【心念不曾空过，来往俱已善察】

当年拚却醉颜红

人生始于混沌,有如一瓶浊酒,尽力摇晃过后,静置多时才开始慢慢沉淀,液体逐渐变得清澈透明,这或许即是成熟的过程。

    世人都觉得喝酒属于不良嗜好,喝多了伤肝且散德行。我父母辈都是滴酒不沾且一杯底葡萄酒就能被放翻睡大半天的人,更瞧不上好酒之徒。然我祖父辈皆善饮,在我和桌子一般高的时候,我爷爷和姥爷都有在"下午茶"时间就着变蛋辣椒喝两盅的习惯,他们还都爱拿筷子头沾着辣酒往我嘴里送,我也乐此不疲,"嘶啦嘶啦"地屡次品尝,久而久之趁人不备能独立喝尽一小盅。

    自从上了学都不曾喝过酒,直到大学毕业,大家各自卷铺盖分道扬镳的前夜,天热加上心情复杂,都无心睡眠,宿舍里一众女生只穿着内衣裤夜半爬起来喝酒,(当然,全楼是女生宿舍,男士进不来),彼时早已熄灯,几个人打着手电、搬着凳子到走廊尽头,坐在窗下梧桐树的月影里促膝而谈,不多时一箱啤酒只剩空瓶横斜。量浅易醉,酒下肚去,离别之情便泛了上来,不免哭哭笑笑指天指地,几年的小磕小碰恩怨情仇一笔勾销,都化作了无限的不舍。从此我也便开了戒,啤的红的黄的白的,时常小饮起来。

    喝得最多的一回是当年初到杂志社实习时,和同伴被派遣到毛乌素沙漠驻扎半月采访治沙女民兵,民兵连的曹书记是连里的"洪常青",那天欣逢他买了一辆新摩托车,他就招呼小女兵来叫我们一起"和"摩托车。所谓"和"(读"获"),就是找一个理由,围绕这个主题热闹一把。晚上民兵连的餐厅里灯火通明,桌子摆成一圈,崭新铮亮的摩托车停在屋中间，车头上绑着明晃晃的红缎大花，地上垒着两箱"西凤"，据说这是曹书记的珍藏，因为我们是贵客，所以这次才豁出去喝掉。也偏偏因为我们是贵客，所有人都向我们频频敬酒。陕北人向来认为没有给客人喝够就是没招呼好，自己是没面子的，主人们一个个把酒杯端着，陕北民歌唱着，从一杯一杯敬到三杯三杯灌，也是拼了，不知道喝了多少杯。据说陕北的男女老少出娘胎至少都带着三两的量，从头到尾都跟没事儿人一样，我简直不是个儿，后来怎么回宿舍的都记不清了。第二天醒来脑晕头重，却竟然还完全背得过推杯换盏之间所学的那首《毛眼眼》，也是奇了。

年纪稍长，更觉得酒不能总是粗喝，雅喝更妙。我友筱琦喝红酒是科班出身，沾舌能辨产地年份以及葡萄品种，与她对饮甚有情味还长知识。她几次去法国，对南部情有独钟，我早年亦看过彼得·梅尔的普罗旺斯系列全部书目，一瓶干红下去，我俩这点实地经验和理论知识就升华了，喝着喝着就盯上了勃艮第地区，喝完了也约好了，她先去盖房子、种葡萄，过两年我去投奔她。虽然酒醒了还是各回各家，不过，梦想还是要有的，万一实现了呢？要不是酒能让人暂时把枯燥的现实常态抛在脑后，喝多了又难受，谁还去喝呢。

我师兄擅豪饮，往往醉后有笔墨问世。一回大家赞起他的酒后性情之作，他却自嘲说："喝大了画画，很容易觉得自己笔墨淋漓潇洒，当时对这种酣畅何等享受，然而每每醒来回望只觉漏洞百出，又窃以为自己何其傻逼。"这是画家的"酒悔"，喝酒的人恐怕对类似悔意都不陌生。酒能放大人的情绪，要么令人踌躇满志，要么倍觉万念俱灰。我和朋友一起喝高兴了去K歌，抱着麦不撒手，唱的是《女王》，满嘴轻蔑荣光、钢铁心脏，宇宙是我游乐场；不开心的时候喝一点儿就会开始默念《益西措嘉佛母修行记》封底那句："一切现象都是心的游戏……"当时仿佛即刻看破红尘，也不过是酒后的错觉悟。这些激扬与黯然其实是年轻人不稳定性的映射而已，年少不知事的时候反复浑蛋反复悔改，搞得家人发愁、路人侧目，无人不觉得荒唐。人生始于混沌，有如一瓶浊酒，尽力摇晃过后，静置多时才开始慢慢沉淀，液体逐渐变得清澈透明，这或许即是成熟的过程。该震荡的时候太过四平八稳，反而在之后应当平稳的时期，容易有不规则爆发的隐患。所以在扛折腾的年岁把能量都释放了也未尝不好。

　　QQ空间有一项"去年今日"功能，能看到近两年的同一时间自己曾经发布过的状态，前年今日我发过一张照片，画案上放着小半瓶歌莉桃红，还剩一点残酒的高脚杯压着冰梅笺一角，笺上抄录着陈与义之句：

　　忆昔午桥桥上饮，座中皆是豪英。
　　杏花疏影里，吹笛到天明……

　　今年此刻，寒露一过，难得午后阳光普照一回，我坐在阳台上，阿姨送来一碗醪糟，我一气喝下，竟觉一阵眩晕。自知酒量也是练出来的，犹如练家子拳不离手，红角儿曲不离口，杯不离唇方能恒有海量。我这分明是久不沾染，武功尽废。不过也好，不若从此顺坡下驴，清醒度日则个。

◎好吃喝

【酒能放大人的情绪,要么令人踌躇满志,要么倍觉万念俱灰】

晴窗细乳戏分茶

心慢手快,忙完即过,这算是活明白了。赵州禅师对于前来问禅的僧人,来过也好,没来过也罢,一律都令:且去吃茶。我们也且去吃茶罢。

　　但凡聊起茶,大人小孩都能说出一句"禅茶一味",这个前些年显得很文艺的词汇现在俨然已经为人民大众所喜闻乐见了。如今文人的生活方式业已绝迹,饮茶依旧流行。自古不论什么阶层都在喝茶,妙玉喝得,刘姥姥也喝得。妙玉觉得茶不应是解渴的蠢物,烹茶饮茶极尽雅致,上好的老君眉,赔着成窑盖盅、旧年雨水忙活了一整,刘姥姥却还嫌她的茶不甚好,淡了,得再熬熬。士夫小姐饮茶取其鲜,而人民大众取其浓,茶的功能与意义于他们是截然不同的。

　　周杰伦歌里唱:"爷爷泡的茶,有一种味道叫作家。陆羽泡的茶,像幅泼墨的山水画。"歌词前半句一看就是亲身感受,这种叫作家的茶,应该也是浓酽的。记得小时候我姥爷每天都用搪瓷缸子在火炉上煮这种茶给全家喝,原料也只是外面寻常能买到的袋装茉莉花和陕青,喝起来涩涩的,有点苦,我喝时要多多加糖,甘甜而味沉。每问姥爷要茶喝,他总用戏曲念白回答我:"哪里有茶?洒家只有粗茗一杯。"他老人家是要纠正我混淆概念,并表示对当时物资的不满足,毕竟他是喝过好茶的。不止一次地给我解释道:所谓茗茶,茗并不是茶更文气的一种说法,而是粗茶的意思。《茶经》按照优劣把茶分了等级:"一曰茶,二曰槚,三曰蔎,四曰茗,五曰荈"。咱这最多是茗,不能算茶。我疑问《水浒记·活捉》里婆惜那句"珊瑚鞭指填衡门,乞香茗。"那般费劲"卖眼传情"就只给骑马的帅哥四等粗茶一杯么?答曰:"过路之人,为的是解渴,且重点不在茶上,管他是什么茶。"就好像现如今好多人说:喝茶去。潜台词其实是：谈事儿，约会，打牌等等，喝什么茶倒在其次了。

歌词后半句泡茶泡出山水画也并非凭想象胡诌。分茶之戏，宋朝最为流行，即是在茶面上用汤纹水脉作画，不过宋人碾茶为末，喝的是抹茶，冲泡后表面有一层白色乳花。宋朝闲人多啊，把报国的心力尽数使在玩儿上，不怕玩儿得不高级，宋徽宗本人就是点茶高手，据说能在茶杯中注水幻化出各种图案甚至书诗写词，他当皇帝真是可惜了。陆放翁晚年客居京华，郁郁不得志，百无聊赖中以写字分茶为乐，他写过一首《临安春雨初霁》：

世味年来薄似纱，谁令骑马客京华。
小楼一夜听春雨，深巷明朝卖杏花。
矮纸斜行闲作草，晴窗细乳戏分茶。
素衣莫起风尘叹，犹及清明可到家。

诗中提及的分茶之戏玩的就是这个，相形之下卡布奇诺表面那片叶子简直弱爆了。

明代张源所著《茶录》讲："投茶有序，毋失其宜。"烫盏、投茶、注水、出汤、分盏……像一种仪式，急不得，磨性子。如今也就四川、两广的市井仍旧最大面积普及着饮茶的习惯。四川人的竹椅子、粗瓷碗之间回荡着家事国事天下事，潮汕巷里常见红泥炉、白果杯，伴着地道的好单枞且听老人与你讲典故……随时能够坐下喝茶的地方，人们心里存着安宁闲适。

说到真正坐下来好好喝茶，不管是仪式化的"文喝"还是慵懒家常的"武喝"似乎都是消耗时间的，所以大家都把喝茶当作一项休闲活动。我自己在家也只拿杯壶盘盏"干泡"，并不动用茶海湿嗒嗒地扯那么大摊子。如果真正玩起喝茶，茶叶、茶器，哪怕一个小小的茶针都有的讲究，蔓延开去再玩紫砂、瓷器，对于挣工资的人来说足以谋杀时间且倾家荡产了。

说到底,其实茶本身只是地道的功能性饮料。南朝梁末传说,达摩祖师坐禅的时候总打瞌睡,不能入定,于是把自己的两片眼皮扯下来扔在地上,不久眼皮生根发芽,长出嫩叶,弟子煮水时叶落瓯中,师徒饮此水精神大增,从此坐禅再不打瞌睡。这传说口味偏重,也不得考证,但起码说明,在古代,茶的厉害,比得过红牛、脉动、浓咖之流。

如今城里到处是星巴克,为奔忙工作、逛街劳累的人们提供一小会歇脚之处,人群乌泱,大家经常需要相互拼桌而坐,此地早已不是小资生活的温床,这种情况下,被称作Zhuangbilazation(装逼)族群的人们已经无法在此存活了。如果嫌挤或着急,大可以打包边走边喝。闹市区的星巴克和其他咖啡店都一样,那桌子椅子,甚至连墙纸都提醒你,速度喝完,赶紧走人。

忙碌一天,下班后常和朋友们约在一处吃喝聊天,白天里端纸杯咖啡边小跑边喝的英才们,此刻才翻包各自掏出绣花茶囊,亮出泛宝光的开片小盏、手绘的青花、朴拙的建盏、描金的捶目海棠杯……七分茶注进去,大家便渐次气沉丹田,谈吐也缓慢下来。是所谓能文能

武,能忙能闲,动若脱兔,静若处子,职场上厮杀着也没忘记把心揣兜里,见缝插针地享受一下。心慢手快,忙完即过,这算是活明白了。

赵州禅师对于前来问禅的僧人,来过也好,没来过也罢,一律都令:且去吃茶。我们也且去吃茶罢。

春葱秋芥证流年

如今田野已然淡出了，节气或许只是日历上的数字，一张张翻过去，不痛不痒。我们享受着现代科学带来的方便，更有理由忘记泥土和时序。

记得我刚上初中的那几年，每到暑假，奶奶就会领我坐上到杜曲的中巴车，然后步行一段小土路攀到塬上的村子，村边上有座小庙，是我姑父修的，他是一个居士，曾经在此山居修行。庙不大，只三间殿，一尊佛像，然而殿前的空地却很大，这块地被姑姑开垦成一片菜园。回想起来那算得上是立体化种植了，地面上是一层油麦菜、苋菜、小白菜，还有蜿蜒的南瓜藤，洋葱苜蓿长得高些，两排西红柿、几行葡萄，高处架子挂着黄瓜丝瓜，还垂着豇豆，周边种了一圈玉米，地底下还埋着白萝卜……我每天早晨都要巡视一圈，主要负责掐些做蛋汤用的南瓜花。如果发现新熟的西红柿就摘下来，凉水冲一冲吃掉，那酸甜味道是十分清晰的，不像买来的那般口味混沌。新结的嫩绿黄瓜纽，掐下来往嘴里一扔，顿时清甜四溢，想想这小玩意原本是能结成一个大黄瓜的，何等奢侈，简直造孽啊！

我们来一趟总要小住十天半月，搬瓜摘菜、喂鸡收蛋无所不为，我所有的田野知识几乎都是在那个时候积攒的。

后来我读过王安忆的小说《上种红菱下种藕》，里面有一段歌谣：

状元吞有个曹阿狗，
……

买得个漤，上种红菱下种藕。

田塍沿里下毛豆，河勘边里种杨柳，

杨柳高头延扁豆，杨柳底下排葱韭。

大儿子又卖红菱又卖藕，

二儿子卖葱韭，

三儿子打藤头，

大媳妇赶市上街走，

二媳妇挑水浇菜跑河头，

三媳妇劈柴扫地管灶头。

……

这一段，不仅让我想起小时候塬上的菜园生活，更觉家庭成员们分工明确，天地与人各自有序、各司其职，无比和乐。

那时候，到了冬天还有一件大事——冬贮。我家院子对面就有一个大菜场，大白菜、萝卜、土豆、大葱、蒜苗堆积如山，大家带着运输工具排着长队，工作人员套着灰扑扑的蓝大褂边过磅边吆喝着维持秩序。我们院里几家合用一个三轮车把菜运回来，分别在自家窗台外面高高垛起，一冬里，家家熬土豆溜白菜，等这些菜垛子慢慢低下去，寒冷也就要过去了。忘了从什么时候开始，冬贮这件事也消失在我们的生活里了，四时交替也渐渐模糊。我喜欢哼唱《卖水》里面梅英那段饶舌伶俐的报花名，戏词里的春夏秋冬无比明了：

正月里，无有花儿采，唯有迎春花儿开；

二月里，……打中了平贵是红绣球；

三月里，是清明，人面桃花相映红，

……

十一腊月没有花采，惟有这松柏实可摘，

陈杏元和番边关外，雪里冻出腊梅花儿开。

一年十二月份自古就不是一组简单的数字，而是各有自己名号的：一月是一年开端，称端月；二月杏花初绽，称杏月；三月桃花盛开，称桃月；四月槐香弥漫，称槐序；五月石榴吐焰，称榴月；六月芙蓉出水，称荷月；七月幽兰猗猗，称兰月；八月木樨流芳，称桂月；九月漫山菊黄，称菊月；十月，露水多生，称露月；十一月白霜始降，称霜月；十二月冰雪寒天，称冰月。每月名字如当时景象历历在目，如果不是画画题款的需要，我也许不会把这些名称烂熟于心，然而每次写下，都觉得古人是认真地感受节气，日子比我们过得细致。

曾经老一辈人还在的时候，我也曾跟他们在寒食的早晨喝下一瓢凉水，端午吃粽子也不忘门首簪一束艾叶，腊月初八晚饭必吃腊八粥，二十三小年一过家里就开始捏丸子、蒸甑糕、炸麻叶，正月十五排着长队买一兜元宵回来煮，全家围炉而食，咬到稀有的红心山楂馅，就像中奖一样兴奋……

如今田野已然淡出了，节气或许只是日历上的数字，一张张翻过去，不痛不痒。超市里的蔬菜，一年四季，一切品种都干干净净地躺在小盒子里的保鲜膜下面，我们享受着现代科学带来的方便，更有理由忘记泥土和时序。

汪曾祺《岁朝清供》里把记忆里的家乡四时月令描绘得令人神往，《淡淡秋光》里写道："一到梧桐落叶那几天，我们的书包里都有许多梧桐叶柄，好像这是什么宝贝。对于这样毫不值钱的东西的珍视，

◎好吃喝

是可以不当一回事的么？不啊！这里凝聚着我们对于时序的感情。"冬日里的此时此刻，我坐在暖气充足的房间里，吃着热带水果，也只是谨此表达一下对时序的感情。科技这东西好得很，当然，除了它所带来的那些关于已经征服而忘记敬畏自然的错觉。

不挑食的舌头

对于美食，遇上就尽情品尝，遇不上也不去寻找，不过好比"歌筵罢，偶同鸳被"，只当是些捡来的体验与回味而已。

一直以为挑食是件不划算的事情，总觉得这不吃那不吃的人在食物链的位置要偏低些。挑食也分几种类型，最常见的一种是能接受的食材相当有限，导致饮食面非常窄，我的奶奶一生只喜欢面食，油泼扯面调辣子为最爱，至于海鲜、热带水果等俱被认为是"怪东西"坚决不入口。我家大女儿也是可以屡次从一个热闹非凡的菜单里点出一份素食炒饭配苦菊的人，面对着饕餮牛排、芝士蛋糕的我，安然地咀嚼，丝毫不受诱惑，甚至声称只要番茄、豆腐、娃娃菜这三样东西不绝种，就能管够一辈子。

还有一种，是对卫生条件、环境标准要求高。其实香到大多数人心尖儿上的吃食必定不是酒店里的大菜，真正由胃走心的味道多藏在市井深巷。许多地方名小吃都出自街边挑担，溯源俱是"脏香"之属。走在成都街头，我见路边小店卖"查渣面"，小店招牌老旧、桌椅油腻，典型的"苍蝇馆子"，大碗汤面，红油浇头上撒一把焙干的碎肉末，闻香止步。同伴疑之为地沟油烹制，拒绝食用，我坚持点了一份，配着蒜泥白肉一气吃光，余香盈口，鼓腹而出，志得意满。

最名正言顺的挑食要属"乡味控"。在彼得堡那年，与学友合租一套离市中心附近马拉塔大街的老房子，里面装潢却很先进崭新，看得出房主是个讲究人。合住的人中间，除了我以外，基本都执迷家乡风味。宁愿行李超重，在机场多付罚款，也要往旅行箱里塞几瓶油泼辣子、老干妈、榨菜、袋装泡馍、方便胡辣汤等等。周末转乘几趟地铁去郊区小黑河东北人开的杂货店大量采买价格翻了数倍的中国食品与调料。放学后像犯了瘾似的，在厨房里自烹自食，油泼面、炸油饼、煎锅贴……半年后房东来收租的时候，看到她的超薄西式烟机四角挂着凝固的油滴，双立人锅具蒙了一层火色，不由一时痴了，时常保持优雅微笑的口唇一碰，竟轻叹了声"不令。"（俄口语，相当于"我靠。"）我一直秉承走到哪里吃哪里饭的原则，奶酪也好、土豆泥也好、煎肉饼也好、鱼子酱也好，在一个新鲜的地方，没吃过的东西还尝不完，哪有余力去劳力伤财地和乡味死磕。

我从不拒绝没尝过的东西，喜欢与否也要试了才知道，相当于至少要富裕过才有资格感叹钱财乃身外之物，而后安于简淡生涯的道理。

一次在朋友的引导下，在沱江边上的村子里吃到了地道的农家川菜：香辣芋儿鸡、红油鸡肾、脆烧里脊、腊味拼、仔姜鱼……每菜皆硬，微风吹拂的傍晚，空气湿润芬芳，美食摆在樱桃树下的藤桌上，喷香四溢，举座吃得啧啧有声，每夹新菜入口都忍不住像电视上美食节目的主持人一样，浮夸地长长 "嗯——"一声以示赞叹。直至吃完，功力不深的那哥们儿已经开始目光呆滞，明显是被"齁"住了。少顷，老板兼大厨来问味道如何，大伙皆竖拇指，他却说："可能你们做厨师的口味都比较重，我建议稍清淡些才跟得上时尚。"老板笑道："地道的老川菜以浓重著称，但太有味的东西不能天天吃，况且你们桌上的大菜，一般一桌只点一两个，全套一起吃我也受不了呢。" 我们离开的时候正赶上老板自己在院门口的藤桌椅上晚餐，只见桌上仅有凉拌折耳根、清炒菜心各一小碟，一碗白饭上寥寥几片腊肠，再就是一碗黄瓜片清汤。我几人不禁唏嘘。老板见状说："我们当厨子的，做饭味道尝多了，轮到自己就只想吃没味道的了。"想来此话富含哲理，人生是条抛物线，叠加到巅峰便自然是消减。

爱吃的人总会面临身体问题和身材困扰，长年处于与自己的战争中。眼见同好友人因长期高粱厚味，陆续落得切胆、割痔、饭前扎针，实在令人心有余悸。随着年岁渐长，又经历了无盐无味的"月子餐""哺乳餐"对舌头的洗涤，我亦知粗茶淡饭尤是养人。胡兰成的一篇《民族的文明与食物》说："食物尽量要吃与人关系远的东西。"所以，肉不如鱼，鱼不如菜，道家甚至吃土以求长生。这个理论与今天的养生之说甚为相合。前几年，我倒是发愿茹素一段时间，一年多不沾荤腥，盖因既发一愿，就要遵守规则，圆满完成后也并没有就此清淡下去并成为真正的素食者，只是更加坚持残忍的、造孽的、现杀的不吃，但味觉的宽度似乎是天生的，并不会因为种种原因规则而轻易变窄。

终于，因为产后肥胖难消之故，我戴上了运动手环，每天关注运动步数、睡眠指数、饮食热量。拍下所吃的每一餐，软件会算出图上食物的卡路里，与运动所耗相减，即得正负。有了标准则不敢造次，久之，轻口味的益处水落石出。

如今对于美食，遇上就尽情品尝，遇不上也不去寻找，不过好比"歌筵罢，偶同鸳被"，只当是些捡来的体验与回味而已。犹如生活与旅行、平静与激情、清醒与沉醉，人生中日常与偶尔的关系无处不在，享受与放纵亦并不等同。平素习惯轻口味打底，反使得我们不至于在美味当前时，因血脂、血糖的束缚而望桌兴叹。

天天睡前刷微博，看著名吃主儿每天发送各种珍馐佳馔，并用固定句型叹一句"没有这盘××××的夜，最难将息"。点开图片，食指一动，运用通感盯一会儿，权当尝过。馋，是吗？不用自责，食欲与好奇心越过抛物线峰顶的时候，我们就该老了。

終南食單

荷葉餅、羊雜肉、豆腐、菜炒雞蛋、汆水魚、三秦鏡美皮、煎餅、葱土豆、攪團、酒魚蛾子、雞蹈盈麥青棵子、糁、菜豆腐、蒙列酥、紅枣、野菜、炒毛白飯、野果酒、秦嶺大櫻桃、紅苕、火龍果、豐收原野散落紅苕萬而啄登栗鳥兒一如是散、終南山居雲下四邊菜菊舊感相芳淡飯野果涮涮山黃河鮮魚飯風候意閒

歲壬山申稻月假日秋終南山下遊序閒所見及所食煳豐歸而記之並畫 韻起

菜蔬地气

曾经觉得要深入一个城市，就得在此发生爱情，其实与菜市场的大妈大爷产生情谊也一样，甚至更加平易、踏实。

自从手机上能买菜，我便很少去市场了，只需动动手指下单，无需负重，回家就能拿到需要的菜蔬吃食。非常便捷，但是每天如此，长期以来又隐约若有所失。

其实我一直是喜欢菜市场的，曾经住在小南门，顺城巷每天早晨七点开早市，我经常早起去转一圈。早市上不仅有蔬菜、各种肉类、熟食还有花花草草。卖花的老板跟我很熟，因为我隔三岔五就来买花，又总是养死，死了再买，一来二去就熟识了。像我这种爱好养花但不擅长的人或许最受他欢迎吧，每次他都会殷勤叮嘱我什么花得浇水晒太阳，什么花喜阴喜旱，时不时还送我小袋子装的各种肥料，但这对我的帮助微乎其微，所以还是不免频繁照顾他生意。早市附近围绕着早餐摊，胡辣汤、牛肉饼、菜盒、豆腐脑、油条……即使四处都说油条不健康，但炸油条门前的队伍从来都很长，我喜欢买两根油条，撕成段，泡进胡辣汤里，比传统的泡饦饦馍要浓郁得多。上班前这一个小时，又买又吃，何其愉快，让人觉得好像多过了半天一样。但是熙熙攘攘的地方通常贼多，有一次我正在专注地挑菜，老板不住地给我使眼色，我猛醒警觉回头一看，口袋里的钱被一个半大小伙用镊子夹出去了，见我发现，他迅速把钱塞进外套口袋往人群外扑，被

◎好吃喝

我一把揪住。我手伸进他口袋把里面的钱都抓了出来,他挣扎着一甩还是跑掉了。我到人群外把手里的钱数了数,不料不但没有损失,甚至比出门带的总数还多了二十,想必那口袋里除了我的这一单还有别人处得来的"果实",都被我一股脑掏了来,遭个贼还赚了,也是笑话。

我朋友里,有几个跟我一样爱好逛市场的。小菲在家就是乐于天天买菜做饭的,我俩一块去苏州,无意间在狮子林门外的一排摊点间看到有个老太太摆了两个竹筐,

农家後厨一酱菜蔬皆以箩筐盛之较之超市金装膜覆更動人食指

一个盛莲蓬，一个盛菱角。莲蓬碧绿丰硕，菱角嫩红精致，满满当当两筐。这般可爱的情状，路人不免都驻足挑拣起来，我俩也提了两兜，坐在平江路的石栏杆上聊着天剥了半个下午，口中清甜，心下闲散，再没有比这更好的时光了。莲蓬菱角在江南常见，在北方却难得，返程当天，我俩又去狮子林门口，想再买一些带回，谁知老太太却没出摊，我便要作罢，小菲却还执着。她提议去附近菜市场看看，我打开地图，我们按照导航步行过去。到了那菜市场，只见宽大的场地上一个个摊点井井有条，五颜六色的菜蔬斑斓地分门别类摆放在一起，菜叶子上甚至带着露水，让人看了当下生出下厨的冲动。但不巧的是在此没有找到莲蓬菱角，经过热心人指引，辗转了三个市场，每个市场都繁华清新，令人流连忘返，不禁羡慕苏州人真是会吃会过。眼看要延误高铁，终于找到莲蓬菱角买到了两大袋，心满意足。可惜的是，回到西安，家人不甚解风情，均浅尝辄止，无奈保质期有限，我们各自剩下一堆竟然腐烂了，实在令人扼腕叹息。

十五年前我初到圣彼得堡租住在接近市中心的马拉塔大街一个老院子里，马路斜对面的室内菜市场是一栋鹅黄色的拜占庭建筑，从外观上看起来像个教堂或博物馆，里面很大，甬道两边是很高的玻璃橱窗，每样东西上插着价格标签，从小窗口里按价格付钱，不需怎么交流，付钱拿货而已。后来房东太太觉得我把她的锅烧黑了，让我赔钱，因此闹得不大愉快，我不久便搬到郊区宇航员大街的公寓楼里。郊外的露天市场是另一番景象，一应菜蔬也是应有尽有，土豆洋葱山积，堆得比房子还高，抬头仰望，脑子里竟不由自主地掠过"社稷"这个词。每样东西价格都得问了才知道，发现还可以砍价，惊喜生活的成本降低之余，也有更多愉快的参与感。见我经常去买排骨，肉店的大爷有时会留几块给我，说是排骨，上面其实有很厚的肉，但他们只吃成块的整肉，并不知道我拿排骨回去怎么吃。我炖汤、拆肉、做泡馍，用小饭盒回馈他一份，虽然已经凉了，他吃得满嘴白油，仍然惊叹这么浓郁这么好吃。以前觉得要深入一个城市，就得在此发生爱情，其实与菜市场的大妈大爷产生情谊也一样，甚至更加平易、踏实。

◎好吃喝

混熟的菜市场总让我想起幼年的夏家十字,卖菜的三轮车挨挨挤挤摆在路两旁,那时还不用担心城管,所有卖家都占着道,吆喝着肆意售卖。我奶奶天天带我去买菜,买着聊着,一泡半上午,我在旁边玩,混着吃一肚子黄瓜西红柿。她跟卖菜的都熟,每每去了都很热络,买莲花白人家都主动把老叶子扒掉,莲菜要抖抖泥再称。我妈面生,偶尔去了就没这待遇,有一回双方杠上了还骂起架来,我在一边闻声赶上前,把我妈衣角一拉,卖菜的一见我就明白了,态度立马转变。"你们是一家呀,早说呀,剥了吧剥了吧!"——这条街道作为菜市场一直持续到我初中毕业,后来搬离,也不知什么时候市场被撤销了,但是这里微妙的人情世故一直在我记忆里。

不知是不是年龄渐增的缘故,小区门口大妈们排队买鸡蛋以及提着菜兜互相交流价位品质的画面不仅不会让我觉得琐屑,反而生出一种暖意,心闲无事的人在风平浪静的生活里,认真准备一日三餐,世俗之乐里透出永恒绵长的味道。得空的时候,去菜市场转转,看看带花的菜苔、脂白的鲜笋、修长的葱管、小巧的胭脂萝卜……也是享受的事,色彩搭配和摆放构成显示出摊主也是有美感的人。秩序的美感总会引起处女座的兴趣,掐叶去皮的莴笋整齐地码放在一起,一片剔透泛光,我本不常吃莴笋,但是想起传说赵匡胤赐名的那道《脆琅玕》:

"莴苣去叶皮,寸切,渝以沸汤,捣姜、盐、糖、熟油、醋拌渍之,颇甘脆。"

以碧笋段喻青竹,何等雅致清爽,传说故事只是一种套路,难考真伪,菜谱却详尽真实不妨一试……一路这样浏览着瞎想着,一餐的菜单和所需的原料也就备齐了。

过去人的日常在今天已经成了时间充裕时的类似休闲活动,比起匆匆赶回家取到门口先一步抵达的塑料袋,自己提着沉甸甸的菜兜慢慢踱步回去,似乎与生活的实在更贴近一层。打开菜兜,油菜里飞出一只蛱蝶,赶忙开窗渡它出去,可见庄周也迷恋这地气,何况我哉?

239

命中的糖

该吃的时候还得吃点儿,就像犯得起错的时候犯一点也无妨。我思量平凡人这辈子大多是功过相抵的,有的人老来大道至简,也有人含饴弄孙,通透有通透的感悟,世俗有世俗的乐子,前提是——得能够活到那么老。且一天天把命中的糖吃完吧。

去年跟一个朋友喝茶聊天,谈起带孩子,她说自己管教得如何如何细致,作为医务工作者对口腔卫生原则性很强,孩子三岁多了,根本不知道糖是啥味儿。她是以略带炫耀的语气陈述的,而我当时脑子里是一个问号加一个感叹号。小孩爱吃糖应该是与生俱来的天性吧?口腔健康固然重要,但不给孩子偶尔尝点"甜头"是不是有点违反人性?

从来没见过哪个小孩会对甜的东西无动于衷,我就是个从小顶能吃甜的人。小时候我晚上跟着奶奶睡,床头放着一个铁盒,里面有奶糖、水果糖、巧克力蛋、金币巧克力、江米条等等,一开始是我不肯乖乖睡觉,奶奶摸一块出来塞我嘴里立刻见效,后来发展到每天干脆直接吃几块再睡。记得当年我奶奶一度在居委会当着一个什么差,总在马路对过院子里开会,我特别乐于跟她去,因为开会的时候桌子中间总得摆一盘什么点心,夏天还会摆一碗冰棍,所谓冰棍其实就是冰格子里冻的白糖冰块插上牙签,清爽凉甜,深得我心。如此不分昼夜地吃,经年累月,我不知不觉成了一个满口虫牙的小胖子。

因为从小的这些毛病,我现在还有饭后"盖盖儿"的习惯,即吃完了咸的得吃口甜的把正餐"盖住"。餐厅里的套餐是很科学的,有吃有喝有甜点,但是在单位食堂吃饭就没法一次完成了,于是埋下下午茶的引子。有时候"盖儿"比下面的内容还大。去年冬天在南京玩，饭后跑到"蓝老大"，别人都选择性地点一份，我要了桂花糖芋苗、糖粥、赤豆酒酿圆子、糖藕各一份，同伴咋舌说吃不了，我说吃不了也要尝，后来在她的帮衬下竟也没剩什么。

据说吃甜乃基因所致，英国《每日邮报》曾发文说得有理有据，体内多巴胺受体较少的人更容易对甜食产生兴趣，吃甜能弥补释放水平。这一点遗传肯定来自我爸，小时候只有我爸会在家里没饭的时候带我去老关家甜食店，吃玫瑰元宵，喝鸡蛋醪糟、八宝稀饭。他下班回来的时候也经常带给我一些"彩蛋"，不是自行车把手上插着一根糖葫芦，就是进了门突然从身后"变"出一根镜儿糕，有时候还会摸出一包"冬瓜条"或鸡蛋糕之类。总之，自己不喜欢吃甜的人，是不会总想着给孩子买糖的，可见基因之说还真不是讹谁。

甜能安抚心境、抵抗抑郁并给人以元气，这一点比药还强。秦可卿连病带愁都成那样儿了，却说"昨日老太太赏的那枣泥馅的山药糕，我吃了两块，倒像克化得动似的"，竟还要吃。想吃什么其实就是缺什么，她正是需要枣泥山药补血行气，跟缺钙

小孩抠墙皮吃一个道理。不过，想必这糕应是又酥又细且入口即化的，后来我在几处席间也吃过几种同名的，然而不是过硬就是太甜，屡屡失望，直到有一次吃到三原产的包仁紫酥，碰唇即碎、细密无渣，虽是面皮澄沙馅儿，却更接近想象中秦氏所食的口感。

世间事皆呈两面，有益处便有副作用。嗜甜的人，大概牙齿都不会太好。我换牙之前总捂着脸忍受牙疼，有一次险些挨上电钻，不料正巧赶上儿童医院停电，躲过一劫，就这么耽搁着，直到恒牙渐渐萌出，竟然就这么混过去了。成年后便没那么"好运"，牙科俨然就是个小型人间地狱，我历经几次根管治疗、拍牙片、杀神经、抽牙髓……上尽了手段，之后也不得不有所收敛。

怀孕那年特别爱吃甜，偏偏看见《随园食单》上有一段写到陶方伯十景点心：

每至年节，陶方伯夫人手制点心十种，皆山东飞面所为。奇形诡状，五色纷披。食之皆甘，令人应接不暇。萨制军云："吃孔方伯薄饼，而天下之薄饼可废；吃陶方伯十景点心，而天下之点心可废。"自陶方伯亡，而此点心亦成《广陵散》矣。呜呼！

既没有具体描述外形、味道与做法，并且已成绝响，还要添油加醋一哭一叹多事地写出来，也是不怀

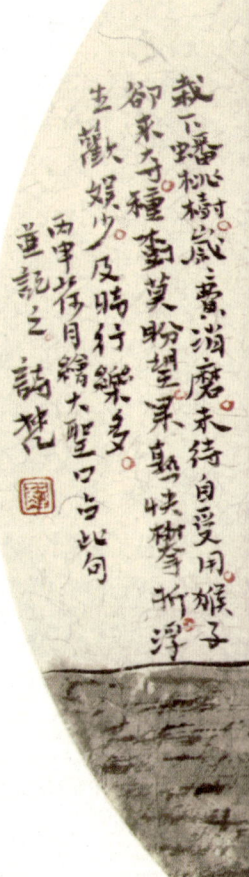

◎ 好吃喝

好意。越是概括模糊越令人浮想联翩，但终究无从找来，只得用冰淇淋店里的下午茶套餐代替，三层银盘上整景，不止十种，可谓炫烂，聊能解馋。隔三岔五过一回瘾，查完血糖一上午忐忑不已，孰料护士下午打来电话通知一切正常，我反问她：难道不高？她愕然回我：您还想高啊！——或许真是代谢能力有别吧，呵呵呵。

直到一度启用烤箱自己烤蛋糕才知道要放那么多糖才会有甜味，加上年纪渐长，除去不再直接吃糖，对豪华蛋糕的热爱逐渐过渡到朴素甜品，感到来自糖和奶油的甜比不上食材本身的甜，比如水果玉米（可惜传说是转基因的），再比如张爱玲在《谈吃与画饼充饥》中提到的一种"粘粘转"，用来自她家安徽无为州田上的青麦粒做成，"没有成熟饱含浆汁的青麦粒，下在一锅滚水里，满锅小绿点子团团急转……吃起来有一股清香。"其实所谓"粘粘转"是农人在五月青黄不接时"寅吃卯粮"的做法，等不及成熟就割下青麦，将麦粒舂后和着米粉蒸熟，暂御一时饥饿。经她描述倒成稀罕美食，看到这段我舌下每每溢出口水，所憾至今也没有尝过。

近年因牙齿及血糖故，甜食已然减了。却对咸里的甜越发钟爱。比如东坡肉煨入肌理的深沉甘醇，又如松鼠鱼的老醋汁裹着松子的甜香，松鼠鱼现在却流行用番茄酱烹，撒彩色糖粒，我不大接受，总觉得这种酸甜过于浅表幼齿，属于哄小儿之流。

画画的时候总在想一个问题：口味偏好和色彩感觉恐怕也是相连的？学生时代吃双皮奶，芒果红豆都加，一层层挖下去都是甜。现在更能体会大辣的姜撞奶，口感的柔腻如羊毫晕染，辛辣的刺激又如秃笔飞白。糖的甜是饱和度极高的颜色，年纪小的时候偏爱莓红姹紫翠绿明黄，年长后开始觉得这些颜色太"生"，转而选用比较熟的混合色，直到更偏爱"高级灰"，所有的颜色都是从墨里泛出来，或许有一天再高级一些就终于只剩水墨了。

前不久在朋友圈看到去年聊天的朋友晚上发了孩子在医院的照片，我不免关切，原来是孩子在一个活动上吃到棉花糖便一发不可收拾，连吃了几十坨，入夜呕吐不止。看来长期"禁欲"导致的一朝"纵欲"更加来势汹涌。该吃的时候还是吃点儿，就像犯得起错的时候犯一点也无妨。我思量平凡人这辈子大多是功过相抵的，有的人老来大道至简，也有人含饴弄孙，通透有通透的感悟，世俗有世俗的乐子，前提是——得能够活到那么老。且一天天把命中的糖吃完吧。

胖瘦浮沉录

祖上阔过，少年瘦过，谁还没有一点得意的历史呢。

上周一早晨，我刚到单位，正洒扫，听见背后窗户响，回身见友人"任胖子"探着脑袋勾着手指正敲玻璃。拉开门，只见他黑着眼圈，敞着夹克，脚上趿拉着一双塑料拖鞋站在门口。我一惊，习惯性地损他道："秘书长今天咋这个形象？不会是昨晚上没干好事被警察给笼了吧！"他一边挪着二百斤的身子坐下，一边正色："屁！我都病危了，今天才出院。"见我不信，他招呼院子里车上的几个学生作证，我看车里拉着铺盖行李，还真是从医院里出来的。见他喝着茶绘声绘色单口相声般地描述医院里的遭遇，实在不像个病人，但是血管、心肝的确都有了毛病，大夫严重警告他——要想好，必减肥。他自己也深以为然，看他踌躇满志的样子，只好鼓励他两句，且劝他将息着。他说："是啊！我还没结婚呢，没活人呢，我可得好好活。"

说起减肥，哪那么容易，女性往往比男性在这方面有更多的血泪。胖人大多是爱吃不爱动的主儿，我与任胖子皆然。当年刚来美协工作的时候认识任胖子，他还是个通神清气的"小鲜肉"，眼看着这些年他吹气球一样圆起来了，而我也是胖了瘦瘦了胖，跟打麻将似的输输赢赢，最后算下来本钱没有多大变化。

我是上研的时候开始"发"的，熬夜，就得吃宵夜，聚众吃宵夜便难免喝啤酒。胖的过程就是这样，等你意识到的时候，往往已经来不及了，肉来细无声，肉去如抽丝。照镜子都很难发现，然而拉不上的拉链和扣不上的扣子会突然告诉你事态已然严

◎好吃喝

重了。

2009年，我开始认真给自己上手段。一开始是针灸，每天下午去中医大夫处报到，给穴位上扎三十多根针，横陈半小时即走。看似方便，但是早餐只能吃蛋白，午间只能吃二两牛肉，晚餐免谈。像我这样爱吃的人，身体和思想上都经历了巨大的考验和折磨。每到饭点，往往需要动用意念劝诫自己，还曾经给自己写下一首《甩肉词》励志兼自嘲：

坚拒晚餐决心重，饭点难熬要疯。
脑子乱，肚子空。
饥饿扛不住，反弹实非轻。
口腹禁而仙气生，一身悲酥清风。

不吃饭的时候觉得通体轻盈，但是没有了食物的慰藉，时常心情糟糕。终于捱完了一疗程，效果斐然，足足瘦了十斤。后来觉得每天去扎针太麻烦，又换个地方尝试"埋线"，所谓"埋线"与针灸同理，只是扎一次，把微小的"线"扎进穴位，可以长期作用，犹如天天扎针的道理一样。但第二次折腾，穴位便没有那么敏感，只有寥寥二三斤之功。此后，拔罐、刮痧、按摩都试了一遍，结论就是：任何方法，要有效，都得配合节食。

然而，折腾了几年，所有的成绩随着怀孕生孩子化作烟云。孩子即将四岁了，"产后肥胖"早已坐实成了真胖。与之前不同的是，再没有过多富余的时间去专门折腾减肥这件事。除了很佛系地随缘节食以外，别无举措，再就是给自己找点瘦不下来的理由，看见胖子也总会惺惺相惜。

曾经看见昭陵壁画里有唐女作《胡旋舞》的画面，舞者是胖胖的少女，也是云鬟仙袂，身段婀娜。传说杨贵妃就十分擅长胡旋舞，白乐天有句"天宝季年时欲变，臣妾人人学圆转，中有太真外禄山，二人最道能胡旋"，确实曾在电视剧里看到安禄山与杨贵妃同舞的画面，但那已经是经过当代审美改良的，想必实景蔚为壮观，据传安禄山"腹垂过膝，重三百三十斤……至玄宗前，作胡旋舞疾如风焉。"所以，身体灵活的话，胖一点也会被原谅吧。

友人南妹，系美食博主，有次来

○好吃喝

疏食而遨游泛若不

找我吃饭，我见她胖了些，忍不住问她是不是最近吃多了，她反驳道："并没有。是最近一肚子才华施展不出来，把自己给憋胖了。"我不禁想起早年曾闲翻姥爷旧书，有一本明人的《舌华录》，记载了史上很多饶舌机辩的段子：

苏东坡一日退朝，食罢，扪腹徐行，顾谓侍儿曰："汝辈且道是中何物？"一婢遽曰："都是文章。"坡不以为然。又一婢曰："满腹都是机械。"坡亦未以为当。至朝云，乃曰："学士一肚皮不合时宜。"坡捧腹大笑。

明明是饱食了东坡肉，还让人猜肚子里装着什么，夸得太直接还不过瘾，唯有"技术夸"才挠得准痒痒。坡仙大才无须赘述，且他对食物的兴趣不仅满足自己也泽被后世，甘腴爱好者想必不是瘦子。看，有才的话，馋与胖也会被原谅吧。

如今的大环境，胖子减肥，瘦子也减肥。最近师门聚会饮宴时，我师

妹与大家同坐在火锅店蒸腾缭绕的香气里,目光如炬地观赏各位大嚼。这般虐了自己几个月,终于说穿上了十九岁的牛仔裤,被自己感动得热泪盈眶。我友王胖子近来也呐喊发愿减肥,配以自己年少时仍有毛发尚无肥肚的照片,观之令人觉得岁月着实下刀无情。我也曾专门翻拍过大学时代不足百斤时的旧照,专门存在空间文件夹里,仅供自己不时翻阅回味……不论是少女时代的牛仔裤还是少年时候的旧照片,都是曾经好时候的明证。祖上阔过,少年瘦过,谁还没有一点得意的历史呢。

曾浅习篆刻时,识得一师兄,他天天蔬食且坚持健身,一年后终于消去了啤酒肚,获得了倒三角身型。看见我发到朋友圈的美食图,每必唏嘘,几次留言:"吃吃吃,喝喝喝,万丈深渊当抹坡(抹坡,陕西方言:缓坡)。"我懂这是成功者善意警示,意在渡我。不爱运动真是天生的死穴,我总是习惯借助外力,比如这段时间定期去"挨打",倒也算是略有成效,盖因不能严格忌口,体重便也总在浮浮沉沉之间。

千里之行,从管嘴开始,不可说不是痛苦漫长的过程。闲时我喜欢随手画些吃食题材的小画,比如泡馍、葫芦头、带把肘子、红烧肉、葫芦鸡等等,皆为硬菜。画墙上其他的画完成了便收拾起来或随有缘人而去,换了多少茬,只有这几幅久久盘踞一角。我不打算摘去,毕竟,生命不息,折腾不止,望梅止渴、画饼充饥的日子还多着呢。

年年岁岁吃相似

温度落进胃里,日子复又回到平地。如此这般,岁岁相似,周而复始,便是流年。

中国人最重要的节日再次悄悄来到眼前,至于新衣、美食、压岁钱……这些儿时过年的期许已被寻常看待,说起仪式感,还是旧年更加热烈且郑重。

旧时过年,最值得一提的,莫过于餐桌。一年辛苦到头,以年的名义想方设法吃喝,当然算得上名正言顺。过了小年就开始准备的各种吃食,必须八仙过海般一应展现在年里待客的宴席上。

从除夕夜到大年初五的暴饮暴食从来是注定的。大年初二,在姥姥家这一餐尤其丰盛。待我们一家三口进门,客厅的大方桌上早已摆好了凉菜。那些常规却也长青的菜式,年年登场:彩色炸虾片、变蛋火腿拼盘、温拌猪耳、辣拌海蜇、糖醋藕片、卤水豆干……太素不是?我爸每每屁股来不及挨凳子就会忙不迭掏出在大麦市街提前买好的两样重磅荤食——腊牛肉和烧鸡。这一点,当时可以算作住在在西大街的一项福利。摊开腊牛肉渗油的纸包现场切片,一屋子人围观赞叹,名不虚传的稀糊烂啊!然而每片总不能完全方正,因为买到手时便被我捧着整块咬掉了一大口,所以很多片上都有个形状相同的豁口。切出两摞大片整齐地码放进瓷盘,我和妹妹早就张嘴仰头在一边等着,把包装纸对折,肉渣分别往我俩嘴里一倒,越嚼越香,竟比整片的滋味更厚,实在觉得渣才是精华。

○好吃喝

烧鸡的皮是均匀的焦茶色，四处明晃晃地反光，一整只不好下手，要像庖丁解牛似的拆分开来，一个盘子都装不下，堆成小山还往下塌方。提起烧鸡这种食物，最受拥戴的时间除了年节便是旅途，曾经的绿皮火车上每每有人坐定就掏出烧鸡细细啃嚼，不顾周围的咽口水声一片山响。记得我第一次跟着我爸坐火车出门的时候，他就买了标配的烧鸡和五香花生米。我诧异就这么几个小时还带只烧鸡？他抢白说："坐火车不吃烧鸡，你坐什么火车？"事实证明火车上吃鸡的确是种享受，从此以后，我出门也知道带只烧鸡。

我姥爷是忠实的甘腴爱好者，我的口味也大多随他。姥姥的厨房里有个白底红蓝花纹的带盖搪瓷罐子，里面长年盛着红烧肉块，供姥爷每天下午小酌佐酒。过年餐桌上的红烧肉切块比平日更大，初时只见照得出倒影的一盆油，平湖一般，筷子伸进去捞出肉块，罐边上控控，置于米饭碗里，一口肉一口米，嚼着滋滋冒油，很是下饭。五花肉我最喜欢吃皮，肥甘软糯，又上了糖色，令人食指大动。瓷勺里放一口米饭，把肉皮颤颤巍巍地盖上去，整体送入口中同嚼，香气随着舌与齿的运动在口腔里翻滚，不得不承认这是一种莫大的满足。

席间推杯换盏叮叮当当到热烈处，鱿鱼海参就该上桌了，此物在陕菜谱里官名

253

"双海烩",当时难得一吃,是一道名副其实的硬菜。鱿鱼片、海参切得薄到透光,勾芡烩一锅,咸鲜浑厚。然而,无论如何,干海货的盐分已经析出,入口会有陈旧的咸味,水发的那点碱气也对舌根有微微的刺激,现如今鲜货已不算难得,人们早不稀罕这道菜了,然而在那时,这也算作吃了一回海鲜的。

酸甜口的菜最受小孩儿欢迎,至今我还爱吃松鼠鱼。当年我姨夫擅长做鱼,刀工也了得,鱼肉让他三下五除二片得蓑衣一般,鱼还是活的。叠块卫生纸,捏住鱼头,滚油里过一遭,浇汁上桌,鱼嘴还会翕张,如今想想,当年为了吃残忍至此,实是罪过。

大概20世纪90年代初,一阵风开始流行吃虾,基围虾价格不菲,一般家庭年节时才考虑奢侈一回,通常一虾两做:虾身白灼沾以酱油,虾头油炸,撒少许椒盐,炸虾头的油尤其不能丢弃,爱惜地灌进小玻璃瓶,此后很长一段时间里,煮面烧汤均可滴几滴虾油,其味甚鲜。

压轴的菜是甜饭,又叫甜盘子,糯米饭里混着花生碎、葡萄干,包着一坨红豆

沙,从碗里扣到盘中,穹窿状,顶上摆放一圈蜜枣。因为上桌顺序靠后,大伙的战斗力已是强弩之末,所以总会剩下大半,剩的这部分,下午或第二天早晨用猪油炒来吃,浓郁黏甜更胜一筹。话说甜味的东西,能够最有效地唤起满足感,当真不虚。

主食必是饺子,韭菜大肉馅儿是多年的主角,后来发展到每个饺子塞一只虾仁,作为彩头的硬币也从一分两分变成了五毛一块,正吃着牙齿一硌,随即惊喜欢呼,谁咬出来得多,谁嘚瑟,也是一乐。

吃到兴头处,小孩子总爱发愿:天天过年就好了!到了今天,从吃穿上讲,这理想可以说已然实现了,谁知又得忌惮着三高、脂肪肝、糖尿病,就算见天坐拥七碟八碗,也不敢放肆了。

过年这件事,从腊月二十三开始折腾,初二至初五巅峰热闹一程,直至正月十五,打了灯笼,煮了元宵,走动与吃喝告一段落,新衣也该浆洗了……年里大人孩子油腻荤腥俱摄入过量,胃口暂时会被齁住,瓦缸里捞出一把腌蒜薹,简单切成寸段,便是最受欢迎的消食开胃妙品。"布衣暖,菜根香,诗书滋味长。"——三味书屋的

255

市井珠玑

训诫道出了世间细水长流的真谛。酸甜脆爽的蒜薹就着大米清粥，再捏上一块炉边刚刚烤酥的锅盔，咔啦一咬，吸溜一喝。温度落进胃里，日子复又回到平地。如此这般，岁岁相似，周而复始，便是流年。